J.K. 羅琳 J.K. Rowling

聖誕小豬

THE CHRISTMAS PIG

吉姆・菲爾德 Jim Field—繪

謝靜雯—譯

獻給大衛——J. K. 羅琳

獻給珊蒂與蘿拉——吉姆・菲爾德

目錄

第一部 德兒豬

第二部 錯置

第三部 用後可拋城

第四部 糟糕不見了城

第五部 無人悼念失物荒原

第六部 想念之城

第一部

德兒豬

1 德兒豬

德兒豬是一隻小小玩具豬，材料跟柔軟的毛巾一樣，肚子裡裝著小小塑膠豆，所以丟起來很好玩。腳蹄綿軟潮溼，大小正好用來抹去眼淚。德兒豬的主人傑克年紀還很小的時候，每晚都吸著德兒豬的耳朵入睡。

德兒豬之所以叫德兒豬，是因為傑克那個時候才剛開始學說話。他說了「Dur Pig」（德兒豬）而不是「The Pig」（豬）。德兒豬還很新的時候，顏色是鮭魚肉的那種粉紅色，黑色塑膠眼珠閃閃發亮，可是傑克不記得德兒豬那時的模樣。在他的印象中，德兒豬一直都像現在這樣：灰撲撲，褪了色，有隻耳朵經過不停吸吮而僵硬。後來，德兒豬的眼睛脫落了，有一陣子臉上只留下小小的洞，可是傑克在當護士的媽媽在塑膠珠子不見的地方，縫上了小小鈕釦。傑克那天下午從托兒所回到家的時候，德兒豬正躺在廚房桌上，裹在羊毛圍巾裡，等著傑克拆掉蓋住眼睛的小繃帶。媽媽替德兒豬寫了份病歷：「德兒豬．瓊斯做了鈕釦手術。醫師：媽媽。」

經過這場眼睛手術，大家開始用「ＤＰ」簡稱德兒豬。傑克從兩歲開始，一定要有ＤＰ陪著才肯上床睡覺，這點常常惹出問題，因為到了就寢時間，往往不見ＤＰ的蹤影。有時，爸爸和媽媽要花好久時間才找得到ＤＰ。ＤＰ會出現在各式各樣的地方：躲在爸爸的一隻運動鞋裡，或是擠在花盆裡。

「你為什麼一直要把ＤＰ藏起來呢，傑克？」媽每次千辛萬苦找到ＤＰ的時候就會問。ＤＰ不是在廚房抽屜裡蜷著身子，就是躲在沙發椅墊下。

這個答案不能公開，只有傑克和ＤＰ才知道。傑克知道ＤＰ喜歡可以窩起來睡覺，覺得舒適的空間。

ＤＰ喜歡做的事情跟傑克一模一樣：爬到灌木叢底下，鑽進可以藏身的地方，或是被往上拋進空中——爸爸將傑克往上拋，傑克將ＤＰ往上拋。ＤＰ不介意弄髒身子，也不介意不小心掉進水窪裡，只要能和傑克一起玩。

傑克三歲的時候，有一次把ＤＰ放進回收桶[1]裡。當他聽到媽媽說那個桶子是回收用的，傑克以為跟騎腳踏車有關。所以等媽媽離開廚房，他就把ＤＰ

1. Recycling（回收再利用）裡有 cycling 這個字，而 cycling 是騎腳踏車的意思。

丟進去，想像蓋上桶蓋以後，ＤＰ可以騎腳踏車兜兜風。傑克解釋自己往桶子裡探頭探腦，是為了看看東西在動的樣子，媽媽哈哈笑。她解釋說，回收的意思跟騎腳踏車很不一樣。桶子裡的東西會被帶走，然後變成其他東西，那些東西就能夠擁有全新的生命。傑克可不希望ＤＰ離開，變成別的東西，所以他後來再也不把ＤＰ放進回收桶了。

種種探險讓ＤＰ身上浮現有趣的氣味，傑克非常喜歡。這個氣味混雜了ＤＰ探險去過的地方、傑克毯子底下溫暖陰暗的洞穴，加上一絲媽媽的香水味，因為她進來跟傑克道晚安的時候，總會順帶擁抱親吻ＤＰ。

偶爾，媽媽會斷定ＤＰ的味道有點太臭，需要好好清潔一番。ＤＰ頭一次進洗衣機時，傑克又怒又怕，躺在廚房地板上放聲尖叫。媽媽試著要讓傑克明白，ＤＰ非常享受在洗衣機裡繞啊轉的，可是一直要到那天晚上ＤＰ回到傑克毛毯下的洞穴，柔軟乾燥，散發洗衣粉的氣味時，傑克才真正原諒媽媽。他很快就習慣讓ＤＰ進洗衣機，但他總是期待ＤＰ恢復原本自然的氣味。

ＤＰ最可怕的遭遇發生在傑克四歲那年，那時傑克在海灘上弄丟了ＤＰ。爸爸已經把浴巾收好，媽媽正幫忙傑克換上運動服，這時傑克突然想起自己把

ＤＰ埋在某個地方，雖然他不大記得是哪裡。他們找了又找，直到夕陽西下，海灘上的人幾乎都走光了，爸爸暴躁起來，傑克哭哭啼啼，可是媽媽徒手到處挖來挖去，一直要他別放棄希望。接著，就在爸爸要他們丟下ＤＰ逕自離開的時候，傑克的光腳往沙子一挖，腳趾碰到了軟綿綿的東西。傑克把ＤＰ拉出來，喜極而泣，爸爸說ＤＰ以後不可以再到海灘來玩，傑克覺得這樣很不公平，ＤＰ很愛玩沙，所以傑克一開始才會把ＤＰ埋進沙子裡。

2 媽媽和爸爸

傑克即將開始上小學之前不久，有封信寄到家裡來，通知所有的家長，孩子開學第一天應該把自己最愛的玩偶帶去。傑克班上的每個人都帶了泰迪熊，可是傑克當然帶了ＤＰ。每個孩子輪流走到教室前面，說明自己的玩偶叫什麼名字，又為什麼喜歡這個玩偶。輪到傑克的時候，他解釋ＤＰ為什麼叫ＤＰ，也說到ＤＰ的眼睛做過手術，還有埋在沙灘裡、差點永遠搞丟的那天。ＤＰ和他一起冒險的故事，逗得全班哈哈笑；傑克講完的時候，大家都熱烈鼓掌。ＤＰ雖然是現場最破舊的玩偶之一，但輕輕鬆鬆登上最滑稽也最有趣的玩具寶座。遊戲時間，傑克和一個叫佛瑞迪的男生拿ＤＰ來玩拋接遊戲。下課時間結束以前，傑克不小心把ＤＰ弄掉在水窪裡。那天晚上ＤＰ不得不再進洗衣機。

如果傑克在學校過得不順心——像是拿到很低的分數、跟佛瑞迪吵架，或是有人嘲笑傑克捏得歪歪的陶盆，ＤＰ都在家裡等著用小小軟軟的腳蹄抹乾他的淚水。不管傑克碰到什麼事情，ＤＰ都在，準備理解跟原諒，身上帶著家裡那種穩定人心的味道；那個味道總是會回來，不管媽媽多常把它洗掉。

有天晚上，當時他才開始上學不久，有個噪音把他吵醒了。他伸手去找ＤＰ，在黑暗中將ＤＰ拉近。

有人在大吼大叫，有點像是爸爸的聲音。接著傳來東西碰撞的聲響，有個女人放聲尖叫：聽起來像是媽媽，但傑克從沒聽過媽媽發出這種聲音。傑克很害怕。他多聽了一會兒，用ＤＰ抵住自己的嘴巴和鼻子，他知道ＤＰ也很害怕。

傑克想說，媽媽跟爸爸可能正在合力對抗闖空門的盜匪。他知道報警必須撥哪個號碼，於是他在黑暗中下了床，悄悄走到房外的樓梯平台上。他躡手躡腳走下樓，懷裡依然揣著ＤＰ。爸爸依然大聲嚷嚷，媽媽仍然尖叫不停。傑克聽不到盜賊的聲音。

接著客廳的門砰地打開，爸爸大步走進玄關。爸爸身上穿的不是睡衣，而是牛仔褲和套頭毛衣，爸爸沒注意到傑克站在樓梯上。他打開前門走了出去，隨手用力甩上門。傑克聽到車道傳來汽車引擎聲。爸爸開車離開了。

傑克悄悄走進客廳，檯燈倒在地板上，媽媽坐在沙發上哭泣，臉埋在雙手裡。她聽到傑克的腳步聲時，驚跳一下，抬起頭來，然後哭得更厲害。傑克原本以為，媽媽會把一切解釋清楚，讓事情好起來。可是當他跑到媽媽身邊，媽媽只是緊緊抱住他，就像他覺得受傷或傷心時，抱住DP那樣。

3 變動

在那之後，爸爸就不再跟他們一起住了。

媽媽和爸爸分別向傑克解釋，說他們不想再維持婚姻關係。傑克告訴他們，他可以理解。他說學校有些人的爸爸媽媽也不住在一起。他可以看出，爸爸媽媽希望他平心接受這一切，於是他假裝自己沒有問題。

可是有些日子的晚上，媽媽吻了傑克並關上房門後，傑克會對著DP軟趴趴的身體哭泣。不用對DP開口，DP便知道並理解所有的事情。DP知道傑克堵在胸口的硬塊。DP的腳蹄抹去了傑克的淚水。傑克在黑暗中跟DP在一起時，完全不需要假裝。

傑克六歲生日之後不久，爸爸帶傑克出去吃漢堡，送他一大盒樂高，然後解釋說自己找到海外的工作。

「不過，我還是可以常常跟你聊天，傑克，」爸爸說，「而且你可以搭飛機來找我，會很好玩，對吧？」

傑克不覺得聽起來有多好玩，根本比不上有個爸爸陪著一起玩，可是他沒說出口。傑克越來越習慣什麼都不說。

接著，媽媽告訴他，搬到外公外婆家附近可能不錯，她必須加班的時候，他們可以幫忙照顧傑克。她在一家大醫院找到了新工作，外公替他們找到一間有花園的可愛房子，跟外公外婆家才隔兩條街。外公外婆有隻非常調皮的小狗，叫托比。傑克覺得小狗托比很好笑。

「可是那樣我就必須離開學校囉？」傑克問，想到他的好朋友佛瑞迪。

「對，」媽媽說，「可是，我們新家附近就有一所學校。我知道你會很喜歡的。」

「我想我不會喜歡。」傑克說。

傑克不想搬家，也不想換學校。媽媽似乎不瞭解：他不想再有變動了。他想跟學校的朋友在一起，想留在老家，在老家這裡他跟ＤＰ有過那麼多探險。

外公外婆在電話上跟傑克聊天。他們告訴他，有多期待他和媽媽住到他們家附近來，到時一起帶小狗托比到公園玩，會多麼有趣。所以，傑克說沒關係，但那不是他的真心話。只有DP能夠體會。傑克知道，DP也會想念他們最愛的那些躲貓貓的地方。

媽媽跟傑克提起新房子的幾個星期過後，傑克向老師和佛瑞迪說再見。隔天，搬家公司過來把一切讓老家像家的東西全都帶走，媽媽載著傑克和DP，開了一百英里的車子。

傑克不得不承認，那趟旅程還滿好玩的。DP坐在傑克的懷裡，媽媽和傑克玩「我看到……」的遊戲，中途還停下來吃披薩和冰淇淋。媽媽讓傑克從泡泡糖機裡投幣買了兩顆巨蛋糖，一個給他，一個給DP（不過，傑克回到車上時跟媽媽解釋，他必須代替DP享用）。

傑克沒料到自己還滿喜歡這棟新房子的。他的臥房就在媽媽的房間隔壁，他的窗外有一棵大樹。外公外婆在他們抵達新家五分鐘後就來了，提著大包小包的食物，塞滿了整個冰箱。小狗托比做的第一件事，就是試著從傑克手中搶走DP。

「不行，托比，你明明知道DP是我的！」傑克說。他把DP塞進自己的毛衣前側，確保DP的安全。不過，他讓DP探出腦袋，這樣DP才能掌握現況。

搬家人員把他們熟悉的家具都搬進屋裡。媽媽和外婆忙著收拾廚房用品，傑克、外公、小狗托比和DP則去探索花園。那裡有好多DP躲起來會覺得有趣的所在，還有高高可以蹲坐的完美地點。不過，傑克隨身帶著DP，因為擔心小狗托比會想辦法再搶走DP。

那天晚上，傑克摟著DP躺在床上，吸進DP安定心神的熟悉氣味，他們都默默同意，搬家日沒有傑克原本想的那麼糟糕。傑克的窗戶還沒裝窗簾，DP和傑克在睡著以前，望著窗外樹葉襯著漸漸暗下的天空顫動著。

4

荷莉・馬克利

星期一到來，傑克正要偷偷把DP塞進書包時，不巧被媽媽逮個正著。

「不行，傑克，」媽媽溫柔地說，「要是弄丟了怎麼辦？」

要是DP到了新學校，在一堆陌生人當中迷路還得了，想到就可怕，於是傑克把DP放回臥房，但是快到學校大門的時候，他覺得又孤單又害怕。

「你今天一定會過得很愉快。」媽媽說，在鐘聲響起以前抱了抱他，然後他就得進學校去了。

傑克什麼也沒說。他為了不要露出害怕的模樣，用力到皺起眉頭。

新班級的孩子都盯著他看，他們看起來比以前那個班的人都高大。老師和和氣氣對他說話，問他叫什麼名字。接著老師請班上的同學一個個輪流到前頭去，拿他們為了自然主題蒐集來的東西給大家看。傑克當然什麼都沒有，所以他看著同學一一向全班展示樹葉、橡實、七葉樹果。

接著是下課時間，傑克找到一個角落，在那裡沒人能打攪他。

下課過後，老師要大家拿出讀本。她拿了一本給傑克，接著對孩子們說，今天是個特別的日子，因為一些年紀大點的學生要到班上來。每個人都會分到一位伙伴，那位伙伴會帶他們一起閱讀。

教室門打開了，好多高年級的大孩子走進來。他們全都咧嘴笑著，有幾個還對認識的小朋友揮了揮手。傑克比之前更害怕了。

有個高䠷的女生在這群人裡面很顯眼。她一頭黑色長髮，往後紮成了馬尾。她不像很多大女生那樣，用手遮嘴咯咯笑。老師邀請大孩子挑個伙伴時，她氣定神閒站著。這個高高的女生跟傑克對上眼睛時，他趕快低頭盯著自己的手指。

大孩子們開始在課桌之間穿梭，傑克的同學全都開始竊竊私語。「荷莉，荷莉！來這邊，荷莉！」

坐在傑克隔壁的女生也小聲叫著：「荷莉！荷莉！」

隔壁女生看到傑克望著荷莉時，自動解釋說：「看到她了嗎？黑色長頭髮那個？那是荷莉．馬克利。她是很厲害的體操選手，還上過電視喔。」

「哈囉。」有人在傑克腦袋上方很遠的地方說話。

他抬頭一看。是上過電視的荷莉．馬克利，她正低頭望著他。

「你是新來的，對吧？」她說。

傑克試著說「對」，但是聲音出不來。大家都盯著他看，呼喚「荷莉，荷莉，來這邊！」的急切聲音，比之前還響亮。

可是荷莉．馬克利不理會他們。她拉了張椅子過來，在傑克旁邊坐下。

「我要當你的伙伴。」她說。

拿軟趴趴的小豬，來跟上過電視的十一歲高大女生相比，感覺可能滿奇怪的，可是傑克不覺得。DP在他頭一天上舊學校的時候，替他招來了朋友，而在新學校，荷莉．馬克利發揮了同樣的作用。荷莉擔任傑克的閱讀伙伴才一個小時，傑克就不再是沉默寡言的新同學，而是荷莉．馬克利挑中的男生，是後來在放午餐袋的桌邊，荷莉．馬克利稱為「我同伴傑克」的男生。

他班上的同學都很佩服。他們現在都想跟他講話了。傑克在午餐時間吃完三明治後，有個叫羅里的男生問他，想不想一起踢足球。羅里知道很多精采的笑話。媽媽那天放學來接傑克時，羅里拉著自己的媽媽到傑克媽媽面前，兩個媽媽約好過幾天讓傑克到羅里家玩。

DP很高興傑克第一天到新學校這麼順利。DP很喜歡聽荷莉・馬克利和羅里的事情。當然了，傑克什麼都不必大聲說出口。DP窩在毛毯底下，聽著窗外樹葉的窸窣聲，就知道並理解一切，傑克都不用開口說。傑克臉頰貼著DP裝滿豆子的身體睡著了，DP身上的熟悉氣味，跟傑克房間的新油漆味混融在一起。

5 荷莉的DP

一整個學期，傑克和荷莉一直是閱讀伙伴。他越認識她，就越瞭解全班為什麼都想跟她做朋友。

荷莉・馬克利除了聰明伶俐，成績永遠拿高分，而且歌喉好到可以在朝會時獨唱之外，還是這個國家最優秀的小體操選手之一。她上過電視一次，上過報紙兩次。她的目標是參加奧運比賽。有些是她親口告訴傑克的，其他是從別人那裡聽來的。

荷莉雖然很有名，但不會自以為了不起。她讓傑克看她摔下平衡木時的瘀傷。體操訓練感覺很辛苦。荷莉跟傑克說，她非贏不可，而且要百戰百勝，即使第二名都不夠好。如果要進軍奧運，她絕對不能輸。

接著有一天，荷莉來上他們的閱讀課時，神情怪怪的。眼睛紅紅腫腫，打招呼的時候，聲音聽起來很乾啞。

雖然傑克很喜歡荷莉，面對她的時候還是有點害羞。

「妳……妳輸了嗎？」他輕聲說。他記得荷莉上週末有一場重要的體操比賽。她搖搖頭。

「我沒去。」

「妳生病了嗎？」傑克問。

荷莉再次搖搖頭。

他們又讀了一頁傑克的讀本。接著一顆斗大的淚珠掉在頁面上。

「我媽離開我爸了。」荷莉悄聲說。

她用傑克的讀本遮住臉，將事情一五一十都告訴他。

媽媽先要荷莉打包好行李，然後趁荷莉爸爸還在醫院上班時，把她載到一戶公寓去。荷莉不曉得什麼時候才能再見到爸爸。她很想念他。通常帶她去參加體操比賽的是他。媽媽解釋說，她已經不愛荷莉的爸爸了。

「他們都要我跟他們住，」荷莉小聲告訴傑克，「我不知道該怎麼辦。」

閱讀時段結束以後，荷莉回到自己的班級，傑克想不通，荷莉為什麼要跟他講這些私人的秘密。他想，也許他就像荷莉的DP。雖然他沒說多少話，但他都能理解。

6 更多變動

傑克已經習慣爸爸從出差的各個城市寄明信片來。媽媽把那些明信片貼在冰箱上，好讓傑克隨時都能看到。有一張是運河上的幾座橋，還有一張是坐落在積雪高山上的城鎮。傑克跟爸爸在電話上聊天，把在學校畫的圖畫，還有第四級游泳證書，拍下來傳給爸爸看。傑克很愛游泳。他是班上泳技最棒的其中一個，所以他的七歲生日派對就辦在泳池旁邊。班上很多同學都來了，包括他最好的朋友羅里。

學校放暑假以前，荷莉．馬克利第二次上電視。朝會的時候，她到最前面拿另一面金牌給大家看，全校熱烈鼓掌，她揮揮手並且對傑克眨了眨眼。

媽、傑克和外公外婆一起到希臘度假。DP也來了。DP好愛陽光，躺在傑克身邊，就在泳池邊的浴巾上，灰色的軟軟小身體曬得又褪了點色，但傑克記得不要再把DP埋進沙地裡。

新的學年，傑克回到學校，荷莉．馬克利已經升上大學校，看不到她，他還滿想念的，不過他現在已經交到不少朋友。

有天晚上，外公外婆過來照顧傑克，因為媽媽要出門。真奇怪，媽媽晚上通常不出門的。他問媽媽要去哪裡，媽媽告訴他，要出門跟朋友吃晚飯。她看起來很漂亮，身上穿著新洋裝。

之後，媽媽每星期會出門一個晚上，傑克不介意，因為他跟外公外婆相處得很愉快，他們會陪他玩桌遊，可是只要小狗托比來過夜，他總是記得要把DP放得高高的。

接著，某個天氣晴朗的週末，媽媽告訴傑克，她朋友布蘭登要開車過來，他們三個要一起出門走走。

「妳就是跟布蘭登一起吃晚飯嗎？」傑克問。媽媽說是。

布蘭登是個模樣友善、嗓音低沉的人。他開車載媽媽和傑克到鄉間的公園，那裡有個探險遊樂場。傑克滑下溜滑梯，爬上繩網，可是其實玩得並不怎麼盡興。不能獨享媽媽，感覺很奇怪。傑克玩夠了探險遊樂場以後，他們三人散步到河邊去。布蘭登示範給傑克看，怎麼用石頭打水漂。傑克寧願由爸爸來教。

布蘭登載他們回家，說再見以後，媽媽問傑克喜不喜歡布蘭登。傑克說他人滿好的。

之後他們經常跟布蘭登一起出遊。傑克看得出，媽媽真心喜歡布蘭登。有一次，他盪完鞦韆回來，撞見他們在椅凳上手牽手，不過當媽媽發現傑克看到了，便趕緊放開。

毛毯底下的ＤＰ什麼都明白，傑克完全不用開口。ＤＰ知道，傑克覺得布蘭登牽媽媽的手很奇怪，雖然傑克認識布蘭登之後，對他多了一分好感。ＤＰ明白，傑克寧可讓爸爸來握媽媽的手。ＤＰ跟傑克一樣擔心，要是布蘭登不再想跟媽媽做朋友，媽媽又會傷心起來。傑克多麼希望事情別再變動，而這個感覺他只能對ＤＰ訴說。在ＤＰ面前，他永遠不需要假裝。

7 不是傑克的爸爸

傑克知道，布蘭登跟媽媽一樣也結過婚，而且知道他有個女兒。有的週末布蘭登沒辦法跟媽媽碰面，因為他女兒過來住他那邊，他忙著跟她一起活動。

有一天，媽媽宣布他們四個人要一起去看電影：媽媽、傑克、布蘭登和他女兒荷莉。

「荷莉？」傑克說。

沒錯，就是她：荷莉．馬克利，比以前都高，也比傑克記憶中的大許多。還有一個不同的地方。雖然他很高興見到荷莉，但是荷莉見到他的時候，模樣卻不怎麼開心。荷莉對媽媽還算客氣，可是當媽媽問起體操的事情，荷莉只回答「是」跟「不是」。她不肯讓媽媽幫忙任何事情。媽媽問她想不想上廁所時，她說她大到可以自己去，不必別人管。傑克不喜歡荷莉對媽媽沒禮貌，這是他第一次看到荷莉對別人使壞。

晚點跟DP在床上聊起這件事時（他們當然不是真的開口說話，但效果是一樣的，因為DP瞭解傑克心裡想的每件事），傑克猜想，荷莉看到自己的爸爸跟別的女士在一起，可能覺得很彆扭吧。不過話說回來，他媽媽人很好，荷莉不應該跟她那樣講話。

布蘭登教傑克怎麼打水漂將近一年後，媽媽說有件事要告訴傑克。她一臉緊張，將左手藏在大腿下。

「布蘭登跟我求婚了。」她問。

「噢。」傑克說。

他想了一下。

「他會過來跟我們住嗎？」

「會，」媽媽說，還是滿臉緊張，「你介意嗎？傑克？」

傑克現在對布蘭登的好感度提升不少。布蘭登教他怎麼玩跳棋，指導他做功課。不過，他不懂為什麼不能維持原本的生活。

「我必須叫他爸爸嗎？」

「不用，」媽說，「你的爸爸才是『爸爸』。你可以繼續叫他『布蘭登』。」

「外公外婆知道嗎？」傑克問，暗地希望外公外婆對這件事有意見。可是媽媽說他們很喜歡布蘭登，而且非常高興。

「荷莉會變成我姐姐嗎？」

「是你的繼姐姐，」媽說，「你不是滿喜歡荷莉的嗎？」

「是啊。」傑克說。

多少算是真的。他一直沒忘記荷莉在他剛轉學時，對他有多好。有時候她很有趣，可是有時候很刻薄，動不動就諷刺人。媽說那是因為她是青少年。

夏天到了尾聲，媽媽和布蘭登公證結婚了。傑克必須穿西裝，因為他負責捧戒指。由荷莉擔任伴娘，一身藍色洋裝，長髮裡插了矢車菊。

儀式結束之後，大家一起到餐廳吃飯。布蘭登的父母也來了。他們對傑克很好，跟外公外婆也處得很不錯。每個人似乎都很開心，雖然荷莉話很少。

「她下星期有一場重要的比賽，」布蘭登說，用手臂摟著身穿伴娘洋裝的荷莉，「我們一起去替她加油吧。」

「誰是『我們』？」荷莉問。

「茱蒂和傑克也可以來。」布蘭登說。茱蒂是傑克媽媽的名字。

「我才不要他們來，」荷莉說，雙眼噙滿淚水，「我要你自己來，跟以前一樣。」

餐桌陷入一陣沉默，接著每個人同時大聲說話。

時間更晚了，布蘭登有個朋友彈起鋼琴，大人紛紛起身共舞。傑克覺得昏昏欲睡，他想回自己的床上跟DP在一起。

接著荷莉坐進他身邊的桌位，用低沉兇狠的語氣說話。

「他不是你爸，」她說，「他是我的，就因為他跟你住，不代表他就是你爸，懂了沒？」

荷莉的表情讓傑克有點害怕。

「嗯，」他說，「懂。」

8 衛生紙捲天使

從那時開始，荷莉每隔一週會來他們家過週末。傑克從來就不知道她會是和善荷莉還是壞心荷莉。荷莉一直不准他和媽媽去看她比賽體操，也幾乎不准他們問起比賽結果。

荷莉心情不錯的時候，會跟傑克一起打電動，到後院踢足球。其他時候，尤其在她輸了體操比賽以後——有時候會很惡劣。有一次她看到傑克摟著DP，就罵他是笨寶寶。傑克覺得好丟臉，之後，只要荷莉過來家裡住，他就先把DP藏起來。

布蘭登跟傑克說，荷莉要加倍努力才能贏得比賽，因為有個女生剛搬進他們那區，技巧跟荷莉不相上下。

荷莉來過週末的時候，傑克盡可能不要惹毛她，可是很難知道什麼會讓她情緒爆發。傑克感冒的時候，荷莉對他大吼大叫，因為電視在播她最愛的節目，傑克卻在那邊猛吸鼻子，吵死人了。當布蘭登責備荷莉，荷莉就會氣呼呼離開房間，用力甩上門。布蘭登追了過去。傑克獨自坐了片刻之後，決定上樓回自己房間。他蜷起身子跟DP一起躺在床上，DP默默同意，吸鼻子並不是傑克的錯，荷莉這樣實在太壞了。

聖誕節即將到來。學校放了假。傑克很興奮，因為他今年許願要一輛新腳踏車，他的好朋友羅里也是。羅里家附近有個鋪了磚的遊樂區，他和傑克打算牽著新腳踏車，到那裡比賽誰騎得快。

媽媽拿出裝了聖誕飾品的箱子，把向來擺在他們家樹頂的天使拿給布蘭登看。這是傑克在托兒所做的。天使的身體是衛生紙捲，翅膀用厚紙板做成，上頭塗了亮片膠水，還有棕色毛線黏成的鬍鬚。

「天使才沒有鬍子！」荷莉看到樹頂上放著傑克的那個作品時，用輕蔑的語氣說。荷莉講這些話的時候，媽媽和布蘭登恰好在廚房。「怎麼會有人把舊的衛生紙捲放在聖誕樹上啊？我媽就不會放我在嬰兒時期做的東西，她知道我會覺得很尷尬。」

傑克突然想起爸爸以前總是說：「現在只差最後一步就完成了。」然後把傑克往上抱高，讓他在最後把衛生紙捲天使放到樹上。一時片刻，傑克好希望爸爸回家來，渴望到胸口都疼了起來。

這是聖誕節前傑克最後一次見到荷莉，因為荷莉的媽媽要帶荷莉到國外探親。傑克很高興。如果爸爸不能來陪他，至少媽媽、布蘭登、外公外婆和小狗托比心情都會很好，不會有荷莉耍脾氣亂摔門，逼得大人要拚命逗她開心。

聖誕夜前一天，外婆過來照顧傑克，因為媽和布蘭登都在上班。天空下起雪來。雪花紛紛飄過窗前，傑克抱著DP在看一部聖誕電影。聖誕樹掛燈在角落閃閃爍爍，小狗托比趴在地板上睡覺，傑克覺得放鬆又開心，沒注意到有輛計程車開到了屋外。

門鈴叮咚響起。小狗托比跳起來，開始汪汪叫。傑克聽見外婆打開前門，驚呼了一聲。

「荷莉！妳怎麼會在這裡？」

傑克回頭望去，及時看到荷莉拖著行李箱走進玄關。她一臉氣憤，臉頰淚痕斑斑。

「我還以為妳已經上飛機了！」外婆說。

「我才不要去！」荷莉說，「我想見爸爸！」

「可是他在上班，親愛的，」外婆困惑地說，「妳媽媽呢？」

外婆探出頭，望向遍地是雪的前院，可是放眼不見人影。原來荷莉單槍匹馬來到他們家。

「我才不要跟她去！」荷莉嚷嚷，然後砰砰踩著重步走向樓梯，拖著笨重的行李箱，不肯再回答外婆的問題。

外婆打電話給布蘭登，他提早下班。接著，荷莉的媽媽也趕來了。傑克從來沒見過她。傑克躲進自己的臥房，可是依然可以聽到每個人都在大呼小叫。看來荷莉剛輸了一場重要的體操比賽，荷莉媽媽說誰叫荷莉一直錯過練習，這番話惹得荷莉好生氣，於是拋下媽媽，從機場溜走了。

「一定是你在煽風點火！」他聽到娜塔麗亞對布蘭登大吼。

娜塔麗亞最後哭著離開。荷莉怎麼都不肯跟她走，堅持要跟爸爸一起過聖誕。傑克現在肚子好餓，可是在媽媽回來以前，他不想下樓。

等媽媽回到家，傑克早已在床上睡熟，手裡抓著DP不放。

9 聖誕夜

傑克在聖誕夜那天醒來，照常抓著DP。有幾分鐘時間，他動也不動躺著，想到隔天就會得到新腳踏車，興奮不已。他知道媽媽已經出門上班去了，也知道她今天必須工作到很晚，不過聖誕節和節禮日整天都休假。

接著他想起荷莉還在這裡。他正在想，她今天又會找到什麼理由來鬧脾氣，樓下就傳來巨大的碰撞聲，小狗托比開始狂吠。傑克坐起身，去看發生什麼事。

他走進客廳，看到聖誕樹倒在地上，旁邊有張椅子翻覆了。外婆正忙著要抓小狗托比，托比為了找牠不該吃的巧克力掛飾，正在掛飾之間尋尋覓覓。

「我只是想把我的吊飾放在樹上！」荷莉正在說，半帶歉意、半不服氣。她握著自己在學校做的飾品，想掛在樹頂附近。看來她一時失去平衡，抓住樹木，結果把樹拉倒了。

「沒關係，親愛的，」外婆說，「沒事。」

可是明明就有事。沒摔破的掛球都吊回樹上以後，他們察覺衛生紙捲天使不見了。最後，外公找到了一些溼答答的厚紙板碎片跟毛線：小狗托比把天使咬到解體了。

「可惡的小狗！」外公說。

傑克知道媽媽會很難過。媽媽一直很愛他的天使。荷莉竟然沒挨罵。

「這樣好了，」外婆說，試著保持愉快的氣氛，「我們一起開車到市區，選一個新天使吧！」

荷莉沒有拒絕的餘地，她明白天使之所以被吃掉，錯在於她自己。可是傑克可以看出，她根本不想去。她臭著臉坐在沙發上，發簡訊給朋友。傑克上樓去穿外套時，偷偷把ＤＰ放進口袋裡。他覺得自己現在需要安慰。

10 新天使

在車子後座，荷莉彎腰駝背坐在傑克身邊，進市區的路上，簡訊依然發個不停。

「看看那些雪！」外婆開朗地說，白色雪花開始堆在擋風玻璃上，外公啟動了雨刷，「有個白色聖誕會很棒吧？」

傑克和荷莉都悶不吭聲。

市區的人行道上滿是咖啡色雪泥。所有的商店都播放著聖誕音樂，街角有個小販在賣炒栗子。傑克牽著外婆的手，另一手插在口袋裡抓著ＤＰ。人潮在他們四周熙來攘往，大家都趕在最後一刻採買。

他們走進一家繁忙的百貨公司。剩下的聖誕飾品不多，看起來亂七八糟，因為購物的人匆匆忙忙拿起又放下。

「這裡有個可愛的天使。」外婆說，抓起她看到的第一個。

傑克根本不喜歡那個天使。他覺得她太花稍，不適合他們家的聖誕樹。

她穿著俗豔的紫洋裝，裙襬鑲有金邊，背上有大大的塑膠金翅膀。傑克覺得媽媽也不會喜歡。媽媽一直很愛他那個有毛線鬍鬚的衛生紙捲天使。

「妳覺得她怎麼樣？荷莉？」外婆問，但荷莉無禮地聳聳肩，一直盯著手機看。

外婆沒問傑克。外婆帶著他們走到結帳櫃台，買了那個天使，然後穿過冰冷的雪泥和忙亂的人群，回到停車場。

回程在車上，荷莉說：「我想吐。」

「坐車的時候也許不該打簡訊，親愛的。」外婆說。

荷莉翻翻白眼，壓按鈕，降下車窗。凍冷的強風湧入後座，雪花吹掃進來。

「我會冷。」傑克說。

「我需要新鮮空氣。」荷莉怒斥。

他們開到了高速公路。傑克現在冷得發抖，覺得悲慘又憤怒。為什麼凡事都要照荷莉的意思？

「外婆，我會冷。」

「荷莉，麻煩窗戶關小一點。」外婆說。

荷莉只把車窗往上調一點點，凍雨和雪花繼續吹進車裡。

「窗子還是開好大。」傑克說。

荷莉噘起下唇，裝出嬰兒的臉，然後指著DP，這時傑克已經從口袋裡拉出DP。外公從後視鏡目睹荷莉這麼做。

「夠了，小姐，」外公說，「把窗戶關起來，拜託。」

荷莉拉長了臉，再將窗戶往上調一些。然後轉向傑克，下唇往外噘，假裝是揉著淚眼的嬰兒。

傑克不相信荷莉真的想吐。她只是想欺負人。她毀掉了聖誕夜，可能也會連帶毀掉聖誕日。她動不動就兇傑克，老愛把自己變成焦點。她繼續用嬰兒臉默默嘲弄他。傑克肚子裡那顆又硬又緊的憤怒之球，突然燒得燙燙紅紅。

「魯蛇。」他低聲說。

荷莉立刻停下嬰兒鬼臉。

「閉嘴。」她低吼。

傑克不在乎惹荷莉更生氣。她毀掉了一切。她對媽媽、外婆和外公都很沒禮貌。在他不想見到她的時候，她卻過來住。小狗托比會吃掉他的鬍鬚天使，都是她的錯。她破壞了聖誕節，他想要懲罰她，而他知道該怎麼做。荷莉在世上最討厭的事情莫過於吃敗仗。

「魯蛇。」傑克說，更大聲了。

「傑克，」外公從駕駛座上厲聲說，「你剛才講的話，我希望我聽錯了。」

傑克沒回答。他可以看出，荷莉現在快哭出來了，他很高興。他受夠了她的霸凌。他不在乎和平相處。都因為荷莉，他昨天晚上餓肚子沒吃晚飯。在她身邊老是要小心翼翼，他也很厭煩了。

她突然壓下按鈕，一路將車窗降到最低，冰冷的強風竄遍車內。

「荷莉。」外婆才開口。

「我快吐了嘛！」荷莉說。傑克知道她是為了報復才這樣做。所以他做了在學校看過別人做的事：他們用拇指和食指比出「L」[2]字母，然後舉到額

2. L就是英文的loser（魯蛇、輸家）的字首。

頭前面。「L」代表魯蛇。

他比出「L」的手勢，舉起來，氣呼呼瞪著荷莉。

荷莉往前湊來，從傑克懷裡一把揪住DP，拋出了窗外，動作快到傑克根本攔不住。在那短短的一瞬間裡，傑克看到DP一時凍結在鋼灰色的天空中，小小腳蹄呈大字攤開，然後咻地轉眼不見蹤影。

11 迷路

傑克放聲吶喊，音量大到外公車子猛地一偏，真是危險。

「她把DP丟出窗外了！」傑克狂吼，「她把DP丟出窗外了！」

可是外公不能停在高速公路中央。他們又往前開了彷彿好久好久，才能夠靠邊停下。荷莉叉著手臂，臉色冰冷鋼硬。她似乎完全不在乎自己做了什麼事。一停好車，外公就走下來，沿路跑回去，消失在飄雪當中，希望能夠拯救DP。

「外公會找到DP的。」外婆說，但傑克並不相信她。他試著下車自己去找，但外婆硬要他留在車上。傑克開始又哭又喊。他非把DP找回來不可。全世界只有DP什麼都知道，DP總是關心著他，這點從未改變過。他需要DP，他非有DP不可，而且DP也需要傑克，因為只有他們兩個心意互通。

現在DP迷路了，躺在高速公路上，相信自己已經永遠被傑克拋下。傑克猛踢駕駛座椅背，依然暴跳如雷大吼大叫，伸手想揍荷莉。

「傑克！」外婆說，震驚不已，「鎮定一點！我們會找到ＤＰ的！」

警車靠了過來，停在他們後面。警察下了車，過來問外婆他們為什麼停車。外婆解釋完之後，警察再次離開。外公遲遲還不回來。一直有車子咻咻飛馳而過，更多雪落下。傑克望出後車窗，一面抽泣著。他無法抹除ＤＰ飛出車窗外的影像，小小的、軟趴趴的，驚恐萬分，竄過空中翻著筋斗離開。外公一定要找到ＤＰ，非找到不可。

可是，外公走回車子的時候，望進外婆的眼睛，微微搖了搖頭，然後轉向傑克並說：「抱歉，小子，我想找不回來了。」

之後，傑克又喊又哭，大聲到聽不見任何人對他說的話。他無法忍受車子載他遠離ＤＰ倒臥的地方，迷失、困惑，納悶傑克為什麼不回來帶他走。開車回家的路上，傑克死命搥著車門，哀求要下車，好讓他回去找ＤＰ。

回到家的時候，傑克試圖衝回街上，要往高速公路奔去。外公抓住他，半拖半抱，才將他帶回屋裡。一旦到了屋內，傑克拔腿衝去臥房，開始亂丟東西。他把所有搆得到的玩具，都從架子上扯下來，摔到房間對面。他撕破牆上的海報，拉出抽屜，甚至掀翻了書桌。

外婆上樓來了。

「傑克，住手！住手！你平常明明那麼乖！」

作為回答，傑克拿起廢紙簍，朝窗戶一丟。他希望窗玻璃會破掉，可是沒有。

「夠了，年輕人！」外公吼道，出現在門口，站在外婆後方。「鎮定下來，馬上！」

房間裡沒剩多少東西可丟或可砸，於是傑克臉朝下撲在床上，不肯動也不肯說話。最後，外公外婆留他一人在房裡。

傑克這輩子只要上床，就會伸手找DP。他現在似乎感覺得到DP：軟趴趴的小身體、裝滿豆子的肚皮、磨舊的腳蹄，那麼適合用來抹去淚滴。他甚至聞得到DP身上有點髒兮兮、像家的氣味。

「我會找到你的，DP，」傑克對著淚水浸溼的枕頭發誓，「等大家都睡了以後，我就回去找你。」

一個小時過後，傑克哭盡了淚水，躺在飽受蹂躪的臥房床上，傾聽房子的聲音。他一直希望聽到前門打開。如果外婆打電話到媽媽工作的地方，跟她說了發生什麼事，媽媽一定會提早回家來。媽媽明白ＤＰ有多重要，一定會幫他一起找。可是前門遲遲沒開。

下午一點的時候，外公來敲傑克臥房的門，問他要不要吃午餐。傑克大喊，「不要。」不久之後，外婆來到門前，問他想不想來看看樹頂上的那個新天使。傑克用更大的聲音吼說，「不要」。接著他聽到前門開了又關，一時開心起來，以為媽媽正如他希望的，提早回來了。可是他卻聽到某人沿著屋前積雪的小徑越走越遠。他不在乎是誰，也不在乎他們為什麼離開。他再也不在乎聖誕節了。他滿心掛念的只有ＤＰ。

12 聖誕小豬

將近午茶的時間，他聽到花園柵門嘎吱響起，又有腳步聲沿著小徑走回來。他希望是媽媽，於是跳起來往窗外一看，但只是外公和荷莉。

不久之後，又有人敲響了傑克的臥房門，門打了開來。

「傑克，」外公說，「荷莉有東西想送你。」

荷莉的臉浮浮腫腫，布滿淚痕。傑克在床上坐起身，盯著荷莉手上那個牛皮紙袋。他滿腦子只有一件事；只有這件事可以彌補她犯下的過錯。他們一定回高速公路去找ＤＰ了。他們一定找到ＤＰ了。

在心跳一拍的瞬間裡，傑克心想那就是他們做的事，因為荷莉把手伸進袋子時，他聽到了肚中豆子的沙沙響。

接著希望破滅了。荷莉拉出一隻嶄新的小豬，大小跟ＤＰ一樣，用同樣的毛巾材質做成，可是肥嘟嘟的，一臉自以為是，鮭魚粉紅的皮膚很柔滑，閃亮的黑色眼睛看起來像小小甲蟲。

「是一樣的東西，你瞧，」外公說，「荷莉非常抱歉，傑克。是她花自己的零用錢買的。」

「對不起，傑克，」荷莉細聲說，「真的很對不起。」

傑克沒有回話，外公裝出快活的語氣說，「他是聖誕小豬，是吧，嗯？」他從荷莉手上把小豬拿過來，用一隻圓胖的腳蹄對傑克揮了揮。「看吧，傑克？小豬喜歡你。好了，跟我們一起下樓去吧？嗯？我們喝點茶，看看影片。我們可以一起掛聖誕襪。還有，別忘了你的新腳踏車，傑克！聖誕老公公現在可能正忙著把腳踏車裝進雪橇裡呢！來吧，小子。下樓來，帶著聖誕小豬一起，我們可以做做朋友。」

傑克慢慢離開床鋪，朝聖誕小豬伸手。不出傑克意料，摸起來感覺好可怕：滑不溜丟，而不是粗糙磨損。傑克討厭小豬閃亮的黑眼睛和神氣的粉紅耳朵，豬耳朵應該斜向一邊、灰撲撲的才對。

「真乖。」外公說。

聽到這句話，傑克前所未有地暴怒。他們竟然以為全新的小豬跟DP是一樣的，這就表示他們多麼搞不清楚狀況。全世界只有一個DP，而這隻新小豬什麼也不是……什麼也不是。傑克把聖誕小豬丟在地上，死命踩，然後撿起來，抓住一隻腳蹄，一次次砸向衣櫥，最後揪住小豬的腦袋，拚命想要拔掉。

「傑克！」外公大喊，「夠了，傑克！」

荷莉衝出臥房。傑克把聖誕小豬丟向房間對面的衣櫥，然後再次撲上床，大吼大叫，猛搥枕頭。不管外公說什麼或做什麼，都沒辦法勸他下樓。他不在乎要不要掛聖誕襪。他不想當乖孩子。他不想要新腳踏車。他什麼都不要，他只要DP。

過了好一段時間之後，他聽到樓下傳來騷動。就傑克聽到的，小狗托比為了找剩下的巧克力，又把聖誕樹拉倒了，看來也啃掉了新天使。傑克很高興。如果他不是這麼傷心，這麼生氣，可能會哈哈笑出來。他真希望自己可以徹底摧毀聖誕節，也許這樣，他們才能親身體會，他知道DP倒在高速公路上時，心裡有什麼感受。

外婆上樓來，要他在睡覺前換上睡衣。傑克之所以乖乖配合，是為了不讓外婆知道他的打算。他在自己卯盡全力摧毀的房間上床就寢，假裝要睡覺，海報還縐巴巴扔在地上，書桌抽屜也拉開沒關，聖誕小豬在衣櫥腳邊攤成一團。最後，外婆終於離開了。

窗外的雪花襯著逐漸昏暗的天空飛舞盤旋，傑克等著整棟房子完全靜寂下來。要是在平常，他會非常興奮。要是在平常，到了這時，他已經跟媽媽一起掛好聖誕襪，留一根紅蘿蔔慰勞紅鼻子馴鹿魯道夫——可是今年的聖誕夜不同。要是對那些事情感到興奮，就等於背叛ＤＰ。而ＤＰ的重要性，超過聖誕節所有事物加總起來。

傑克打算等大家都睡著以後再起來，換上外出服，悄悄溜出屋外，回到高速公路去找他最老的朋友。

13 奇蹟和翻轉敗局之夜

傑克知道自己一定睡著了，因為他醒來的時候，四周一片漆黑。有人在他房間裡聊天。他以為是外公外婆來看他是否還好。他緊緊閉著眼睛，因為他要他們以為他還在睡。

「以前從來沒有做過，」有個擔憂的聲音說，「我不確定有沒有可能做到。」

「當然有可能，」第二個聲音說，「一切都要看那個小男孩，看他夠不夠勇敢。」

「他非常勇敢，但是太危險了，」第三個聲音說，這個聲音蒼老沙啞，「那個地方我去過很多次，我知道自己在講什麼。」

「那裡我也曾去過啊，」第四個聲音說，「我們大多在某一個時間都去過。」

「我就沒去過。」第五個聲音說，說起話來慢吞吞，聲音很低沉。

「唔，你當然沒去過，」第一個聲音說，「你太大了。我在講我們這些小東西。」

這些人的聲音聽起來都很陌生。傑克害怕起來。他們是誰？他不想睜開眼睛，免得那些陌生人看出他醒了。

「如果真的要做，就必須今天行動，」第二個聲音說，「我快要吵醒他了。」

一聽到這番話，好幾個聲音異口同聲喃喃表示不同意，可是讓傑克更擔心的是，有東西正爬上床鋪側面的奇怪感受。他可以感覺那個東西扯著他的棉被：小小的，像是貓咪。他也可以聽到沙沙聲……是肚子裡的豆子。然後，在他來不及決定該怎麼辦以前，有東西戳了戳他的臉。

傑克好害怕，用力把那個戳人的生物揮開。那個東西撞上衣櫥時，他聽到喀吱響。那個低沉緩慢的聲音說：「哎唷。」第二個聲音說：「老是挨打，我真是受夠了！」

傑克摸索著檯燈開關，捻開來。他眼睛眨啊眨，環顧自己的房間。沒有別人。聖誕小豬躺在衣櫥腳邊。

傑克心知肚明，自己剛剛打到了聖誕小豬。即使如此，他也萬萬沒料到會看到聖誕小豬爬起來，將腳蹄搭在屁股上，並說：「你要是再打我一次，你這壞男孩，我就不幫你了。」

傑克又震驚又害怕，動彈不得。他記得媽媽曾經告訴他，如果想確定自己是不是在做夢，就掐掐自己。他往自己的腿上試了試。好痛。

「你會講話！」傑克小聲說。

「你很聰明是吧？」聖誕小豬沒好氣地說。

「傑克是很聰明啊。」那個沙啞的聲音說，來自傷痕累累的老火柴盒小汽車，以前是傑克爸爸的玩具。小汽車講話的時候，引擎蓋開開合合，頭燈變成了眼睛。「別再捉弄他了。他吃了很多苦頭，是你不知道的。」

「我也吃了很多苦頭啊，」聖誕小豬說，「你們可別忘了，他之前還想扯掉我的腦袋耶。我現在主動要幫他——當然要先談好條件。」

看到絨毛小豬和玩具車對話，彷彿還不夠奇怪似的，傑克現在明白，房間裡有好多東西也都長出了眼睛和嘴巴，就像那輛小汽車。木頭衣櫥原本有瘤節的地方，浮現了大大的棕色眼睛，鑰匙孔的地方成了嘴巴。廢紙簍的錫桿上有兩顆小眼睛，有點像蝸牛。有些東西甚至冒出了手臂：廢紙簍就生出了細細長長的金屬手臂，小地毯則長出了鬆軟的毛線手臂。要說有點刺激，倒不如說嚇人。

「你必須先警告他，狀況會有多危險，」火柴盒小汽車正在跟聖誕小豬說，「不然他不知道自己會捲進什麼！」

房間裡所有的東西都咕噥表示贊同。

「我不知道，」傑克說，話終於勉強擠出口，「我不知道東西會……講話。」

他真正想說的是：「我不知道你們有感覺。」稍早他對這些東西很粗暴，對聖誕小豬尤其如此。

「我們只有今天晚上能在生者之地開口講話，因為這是個特別的夜晚，」聖誕小豬說，「你知道是什麼夜晚，對吧？」

「聖誕夜。」傑克說。

「沒錯，」聖誕小豬說，「那就表示我們有機會——就這麼一個晚上，別的時候不行——把你的小豬找回來。」

「我知道，」傑克說著便一把掀開棉被，那是房間裡少數幾樣沒長出眼睛，也沒開口講話的東西之一，「我要到高速公路上去。」

「沒用的，」聖誕小豬說，「DP目前在**失物之地**，如果你想救他，就必須到那裡去找，然後帶他一起回家來。」

「哪有**失物之地**這種地方啊，」傑克輕蔑地說，「這是你自己編出來的吧。」

一聽到這番話，他房間裡的大多東西同時開口說話：面紙盒、兩隻拖鞋，甚至是以前舊房間帶到新家的燈罩。真是令人困惑跟害怕極了，傑克不知道哪個更可怕：是這些吵鬧的東西會把外公外婆吵醒，到時他們會攔住他、不讓他到外頭找DP，還是這些東西本身。

「我會解釋！」火柴盒小汽車啞著嗓子說，雖然是房間裡最小的東西之一，其他東西都安靜下來，也許因為小汽車是最年長的其中一個。小汽車轉著生鏽的輪子往前走，直接對傑克說話。

「你弄丟東西的時候，東西就會到**失物之地**去，」小汽車說，「那是個奇怪又可怕的地方，有一套專門的法律來治理。我去過那裡很多次，因為你和你爸爸很常把我搞丟。」

「對不起。」傑克緊張地說。他確實常常忘記自己最後一次在花園的哪裡玩這輛小車，所以車身的漆料才會剝落，而且布滿鏽斑。

「你們最後總是會找到我，」車子說，「所以，感謝老天，失地魔從來沒抓到我。」

「誰？」傑克問。

「失地魔啊，」小汽車重複說，「統治失物之地的就是他。他是你以為東西好好收在口袋裡，卻掉出來的原因。他是那個會迷惑你的人，讓你忘記自己上次把筆放在哪裡。失地魔會想把每個屬於人類的東西，永遠往下吸進自己的王國。他痛恨生者，他痛恨東西，他會折磨東西、吃掉東西。」

「失地魔會吃掉ＤＰ？」傑克驚恐地低聲說。

「只要ＤＰ遵守失物之地的法律就不會，」小汽車說，「失地魔可以逮捕和吃掉的，是觸犯法律的那些。不幸的是，法律是失地魔自己訂出來的，而他有時候會作弊。」

「我必須去救ＤＰ！」傑克立刻說，「我要怎麼到失物之地去？」

「你沒辦法，或者說，至少不能單獨過去，」聖誕小豬說，「你是人類，而那是東西的國度。反正那就是事物平常運轉的法則。不過，聖誕夜是發生奇蹟和翻轉敗局的夜晚。如果你愛DP愛得夠深，願意冒生命危險，那麼我就能帶你到失物之地去，看看能不能再把DP帶回家。」

「我很愛他，」傑克連忙說，「我愛他到願意做任何事情。」

「那好，」聖誕小豬說，「要我幫忙有個條件。我們找到DP，而且帶他回家以後，我要你把我還給那個買下我的女生。」

「為什麼？」傑克問。

「因為我喜歡她，」聖誕小豬說，「她沒用力踩我。」

老火柴小汽車正要開口說什麼，但被聖誕小豬狠狠瞪了一眼，小汽車沉默下來。

「除非她知道你跟DP很開心，否則她不會把我收回身邊。那麼，一言為定嘍？」

「一言為定。」傑克立刻說。他不喜歡聖誕小豬，但知道自己需要他。

「你應該換一下衣服，而不是穿睡衣，」聖誕小豬說，「而且還要穿上拖鞋。」

可是，傑克才不想聽新小豬的指揮呢，而且把腳套進對著他眨眼睛的東西，感覺也太詭異了。所以他說，「我這樣就很舒服了，現在帶我到失物之地去吧。」

14 縮小

話才說完，傑克的肚子就有一種奇特的感受，彷彿正搭著電梯快速往下降。同時，正下方的床鋪和床單都開始迅速竄高，最後他都看不到地板了。他一時恐慌，試著站起來，卻被床單的縐褶一絆，面朝下仆倒。

幾秒鐘過後，傑克才意識到，床鋪根本沒變大，是他自己縮小了。他好不容易再站起身的時候，看到床單的褶痕就像巨大的雪堆。想想才講幾個字，就縮成這樣迷你，真可怕。傑克很高興他的棉被似乎沒有活起來，要不然如果棉被想要悶死他，真的辦得到。

聖誕小豬的聲音從地板往上呼喚著他。

「沿著棉被的角落滑下來！」小豬說，「來吧，很簡單的！」

才不簡單呢，不過，傑克已經盡了力，在恐怖的垂降之後——包括陡降到底部的地板上，他終於在聖誕小豬身邊落地。他們現在差不多大小：八吋高。

「唔，再見了，大家，」聖誕小豬說，開始朝傑克臥房房門大步走去，

「很高興認識你們。」

臥房裡有些東西試著叫小豬回來。

「你要深思啊！」一隻小小塑膠鯊魚說，是在海洋生物中心買的，正在地板上拍動魚鰭，「想想你在做什麼，小豬！」

「我想過了，多謝。」聖誕小豬說，倚在房門底部，門彈了開來。

「從來沒有活人小孩進過失物之地！」一個小機器人哭出來，是傑克有一次點漢堡時拿到的贈品，稍早他也拿小機器人往牆壁丟過。

「凡事都有第一次。」聖誕小豬說。他和傑克往外走到樓梯平台。

「傑克，他沒跟你說實——」之前從傑克抽屜掉出來的一件長褲說。門底下有個一吋高的縫隙，聖誕小豬把腳蹄伸進去勾住，然後把門關起來。

「你的那些東西真無聊，」小豬跟傑克說，「來吧。」

傑克跟著聖誕小豬一起走到樓梯頂端，一面暗想聖誕小豬真沒禮貌，跟荷莉很相配，然後模仿小豬開始一階階往下爬。傑克現在小不嚨咚，樓梯欄杆簡直就像摩天大廈那麼高。欄杆在男孩跟小豬往下走的時候，在他們身上投下嚇人的暗影。

「為什麼樓梯沒在說話？」傑克問，從一階往下掉到另一階，「為什麼我的棉被沒在說話？」

「有些東西醒的程度不夠，沒辦法說話，即使在聖誕夜也一樣，」聖誕小豬說，「你的被子是新的嗎？」

「對。」傑克說。

「那它身上還沒吸收太多你的感受，那就是東西會醒來的原因——經過使用，吸收了人類的感受。樓梯和牆壁那樣的東西，被人類當成理所當然，所以很少會醒過來。」

「可是你是新的啊，」傑克說，「而且你很清醒。」

未免也太清醒了，傑克偷偷想著，可是沒大聲說出口。

「我是特例。」聖誕小豬說，傑克覺得聽起來很像自吹自擂，ＤＰ就不會說這樣的話，因為ＤＰ從來不炫耀。

「現在，我們必須決定，在哪裡迷路最適合，」聖誕小豬說，「故意要迷路，可是比你想的還難。有什麼點子嗎？」

「只要迷路，就可以到那裡去？」傑克問，「這樣就可以了嗎？」

「當然了，可是滿難的，因為我想你對這棟房子很熟。」

「在花園迷路可能比較容易，」傑克說，「尤其因為我現在很小。我們可以拖椅子到後門那裡，爬到門鎖的高度，然後把門打開。」

「好主意，」聖誕小豬說，他們剛剛爬到了階梯底部，「往哪邊走？」

傑克領著聖誕小豬穿過幽暗的走廊，朝廚房走去。當你只有八吋高，走廊感覺好遼闊。有件好事就是通往廚房的門底下有個大縫。他和聖誕小豬趴在地上，鑽了過去。

「太好了，」聖誕小豬說，「現在，如果我們可以把椅子推到──」

可是他沒機會把句子講完。一頭巨型四腳怪獸聳立在他們眼前：這頭怪獸有長長的黃板牙，亂糟糟的皮毛和閃閃發亮的眼睛。怪獸發出低沉的吠聲，然後朝聖誕小豬撲去，在防油氈上打滑，危險的嘴顎差點咬住小豬。

「跑啊，快跑！」聖誕小豬嚷嚷，回頭朝剛剛的門衝刺。傑克跟了過去，小狗托比又臭又熱的氣息呼在他脖子上，腳爪扒抓著地板。傑克和聖誕小豬趕緊趴下來，鑽過門縫回到走廊。

「你應該先說有小狗！」聖誕小豬氣喘吁吁。他和傑克趴在地上，等著緩過氣來。

「我忘了嘛！」傑克說，「牠平常又不住這邊！」

小狗托比嗚咽著，扒抓廚房那側的門，想要來抓他們。

「那就必須改從前門離開，」聖誕小豬說，站起身來，拍掉身上的灰塵，「來吧。」

可是就在那刻，小狗托比使勁撲向廚房的門，力道大得門忽然打開。

傑克和聖誕小豬順著走廊往回狂奔，小狗托比緊追不捨，在木頭地板上又溜又滑。牠一路追進了昏暗的客廳，傑克和小豬不得不鑽進沙發底下。

小狗托比閃亮的黑鼻子出現在沙發底部的縫隙，試著嗅出他們的方位。牠高聲發出哀鳴。傑克很怕托比知道他們就在下頭，而遲遲不願意放棄。

「如果我們爬到聖誕樹後面，」傑克對聖誕小豬竊竊私語，「到時可以從房間後面偷溜出去，讓牠以為我們還躲在沙發下面。這樣我們還是可以到廚房門那邊。」

聖誕小豬點點頭，摀住肚子不讓豆子發出聲響，跟著傑克爬向沙發另一端的開口，聖誕樹豎立在那裡。客廳裡唯一的光源就是聖誕串燈。傑克現在這麼

小，樹木底下的包裹就像歪歪扭扭的房子，聳立於黑暗中。

小狗托比依然在沙發另一端又嗅又扒。傑克放慢動作，謹慎地爬了出去，然後開始攀過禮物。其中一件用鮮紅色緞帶裹著，這樣很棒，他的光腳有著力的地方。可是另一件禮物是藍色包裝紙包著，上面印著銀色雪花，傑克抓住它的時候，稍微弄破了包裝紙：裡面是一大盒新樂高。傑克很確定是爸爸送的。閃閃爍爍的燈泡在他和媽媽往樹上掛的時候，看起來小得不得了，現在卻變得好大，亮得讓他眼花。他慢慢爬向禮物堆的頂端，最後到了最大的那件，就包在閃亮的金色紙張裡。他可以直接走過去，然後就能離開樹底下——可是腳卻不小心一滑！那個包裝紙好閃亮，傑克的腳在上面不停打滑，又找不到地方可抓，最後滾下了一個縫隙。既然他現在只有八吋高，那裡就像黑到伸手不見五指的深谷。他試著要再爬出去，可是兩側都是巨型禮物，包裝表面全都滑不溜丟。

「你在哪裡？」聖誕小豬悄聲說，但片刻之後，小豬也溜下了滑滑的金色包裹，掉在傑克身上。

「噢糟糕！」傑克說，他們聽到小狗托比往聖誕樹蹦蹦跳跳跑過來。

「你為什麼一定要發出沙沙聲？」

「往哪邊是廚房？」聖誕小豬嚷嚷。小狗托比的低吼聲越來越大。

「我不知道！」傑克氣急敗壞說，「我迷路了！」

第二部

錯置

15 在聖誕樹底下

「迷路」這個字眼一說出口，傑克腳下的東西瞬間消失。他往下掉著，或者應該說，慢慢往下沉，穿過原本應該有地板的地方，彷彿困在某種他摸不著也看不到的濃稠物質裡。聖誕樹的串燈消失了：四周黑得跟墨水似的。

「聖誕小豬？」傑克驚慌呼喚。

「我在這裡。」聖誕小豬的聲音從黑暗中傳來，「別擔心！這就是進入**失物之地的方法！等一下就會亮起來了！**」

確實，幾秒鐘後傑克又能看到聖誕小豬了。就像傑克，小豬也往下飄著。四周漸漸明亮起來，最後傑克意識到，他們都順著自己的金色光柱往下沉。他們上方的木頭天花板有兩個圓洞，傑克想，那一定是他們剛剛離開的世界的地板——他的世界就是媽媽居住的地方，他所認識的一切都在那裡。

他們往下沉，往下再往下。現在傑克注意到，緩緩穿過光柱往下沉落的遠遠不只有他跟聖誕小豬。有成千上萬的東西都在往下掉。傑克在輕飄飄的無重狀態下，可以又扭又轉，四面八方都可以看到有更多東西往下沉降。

離傑克最近的是一根茶匙、一顆閃亮的紅色聖誕吊球、一把小狗哨子、一副假牙、一只手偶、一枚啵亮的銅板、一串金蔥彩帶、一台相機、一把螺絲起子、一張機票、一副太陽眼鏡、落單的襪子、一隻泰迪熊、一捲印著馴鹿圖樣的包裝紙。

「你也覺得這種事不可能吧？」包裝紙向傑克呼喚。紙張表面的一隻馴鹿邊講話邊眨眼。「這是今天晚上她第三次把我搞丟！我滾到了暖氣下面……她很驚慌……又拖到太晚才急著要包禮物，老樣子！」

那捲包裝紙才講完話，就轉了個方向，開始往天花板的那個洞往上升，而不是往下行。包裝紙捲快離開視線的時候大喊，「耶！她找到我了！祝你好運！希望你很快也可以回到上頭去！」

傑克沒回答，因為周遭的狀況讓他驚愕不已，尤其在他看清了下方的地板之後。起初，他以為自己往下看到的是一片五顏六色的地毯，可是當他更往下沉，就明白那張地毯其實是幾百萬個東西組成的。他心生恐懼，連忙掃視地板，看看有沒有**失地魔**的蹤影。可是他不知道**失地魔**的模樣，所以也看不出**失**

地魔是否在場。傑克越往下沉，噪音就越大：地板上的東西吱吱喳喳，乒乒乓乓、鏗鏗鐺鐺、沙沙作響，最後聲音幾乎大到震耳欲聾。

四周變得越來越亮，傑克這才明白，他在一個倉庫般的巨大建築裡，磚牆非常高聳，木頭天花板則布滿了點點洞口。抵達地面的那些東西，像是橡膠球、日記本、迴紋針、捲尺、相機、筆、皮包，全都跟同類聚在一起喊喳聊不停。傑克觀察周圍的狀況看得入迷，自己落地的時候吃了一驚。他的光腳碰到了溫暖的木頭地板，聖誕小豬就在他身邊著地，就在一條通道上，兩旁是一大堆噹啷響的鑰匙和一大批窸窣響的雨傘。

「我們需要一張票，」聖誕小豬輕快地說，「來吧。」

聖誕小豬領著傑克沿著通道走，一邊是鑰匙，另一邊是雨傘。他們路過一把刀、一支烤叉以及一根長長的毛線勾針。傑克看得出他們都很重要，因為他們都戴了頂上面標示著「L」的黑色尖帽，不知怎的，即使他們往前跳，帽子還是在頂端保持平衡。戴著帽子的那些東西正在通道邊緣巡邏，確保其他東西都待在屬於自己的群組裡，為了剛到的東西保持通道暢通。

「那些是失物調節員，」聖誕小豬對傑克喃喃，「來過這裡的東西跟我說過。他們是失地魔的僕役。他們跟他交換條件，負責推動他的法律，保障自己不會被吃掉。」

現在有一對鑽石長耳環在傑克和聖誕小豬面前降落。她們熠熠發光，亮到傑克得瞇著眼睛看。

「這裡由誰負責？」其中一只耳環用貴氣的語調嚷嚷。

「我們很貴重！」她的雙胞胎喊道，「我們需要協助！」

「鎮定點，女士們，」一顆網球說，聲音低啞，在傑克和聖誕小豬旁邊彈彈跳跳。那顆球看起來好像被狗啃過，臭氣熏天。「這種事情我經歷過很多次了，真的。現場看起來一團亂，可是其實井井有條。」

那對耳環被這麼髒的東西搭話，似乎覺得深受冒犯。

「我想我們來錯地方了！」頭一個耳環嚷嚷，在原地轉身找人幫忙時，頻頻發出閃光。

「珍貴的東西都去哪裡？」她的姊妹喊著。

可是沒人回答。在她們右邊，鑰匙們繼續對著天花板遙遠的洞大叫，喊著類似這樣的話：「我在你的外套裡！你這白癡！」或是「你又把我留在鎖頭上了！」雨傘們似乎比較安靜，也比較悲傷。傑克聽到一把老黑傘說：「我想這次真的完了。他把我留在火車上。他可能會去買新的……」

這時，戴著黑帽的開罐器踩著金屬腳，走了過來，脖子上掛了個小盒子，把手下方有兩條細細的金屬手臂。

「票來了！」開罐器大喊，「新來的，過來這邊領票！」

「由我負責講話就好。」聖誕小豬告訴傑克，可是還來不及開口討票，鑽石耳環便插隊擠到他前面。

「我們來錯地方了！」頭一個耳環說。

「重要的東西都去哪裡？」第二個耳環問。

「珠寶在那頭，西牆旁邊。」開罐器邊指邊說，「可是妳們需要先拿票，喏——」開罐器從掛在脖子上的小盒子裡撕下兩張藍色的票，各分一張給兩個耳環，「西牆。」開罐器又說一次，因為耳環們動也不動。

「我想妳沒搞清楚狀況，」頭一個耳環說，「我們是真鑽做成的。」

「妳不能把我們跟一堆普通的塑膠珠子放在一起，」第二個耳環說，「一定有專門給貴重物品去的地方吧？」

「快到妳們的等候區去，」開罐器怒斥，「不管是鑽石或塑膠，到了下面這邊都一樣。我們很快就會知道，妳們在上頭那邊的價值有多少。」

耳環們滿臉不高興，扭著身子往西牆走去。

失物調節員也發了張藍色的票給那顆網球。

「小狗的玩具在那邊，在運動鞋和教科書之間。」

網球彈著離開了。開罐器接著轉向傑克和聖誕小豬。

「你們也剛到嗎？」

「對，我們是一起被弄丟的，」聖誕小豬說，「我們是從主人的口袋掉出來。」

「小鬼頭也真是的！」開罐器嗤之以鼻，又撕了兩張藍色的票，遞給了傑克和聖誕小豬，「這下頭的東西有一半都是他們搞丟的，粗心大意的小壞蛋。這裡很安靜的時候，我們可以聽到他們的哭聲從上頭傳來。如果不希望被**失地魔**逮到，就應該把自己的泰迪熊牢牢抓緊啊，不是嗎？」

「應該吧。」聖誕小豬說。

「做工很不錯，」開罐器補充，盯著傑克，「細部裝飾得很好。」

「謝謝。」傑克緊張地說。

「孩子的玩具在北牆那頭，」開罐器補充，「你們需要搭個便車，用走的太遠。」

開罐器吹出尖銳的哨聲，一隻舊四輪溜冰鞋沿著通道，朝他們快速滑來。比起傑克和聖誕小豬，這隻溜冰鞋的大小等於高爾夫球車。他們爬進裡頭，高度剛好可以從鞋口看出去。

溜冰鞋往玩具等候的地方滑去，傑克心中湧上一絲興奮：他快要再見到DP了！

16 錯置

他們迅速穿過遺失的卡牌、嬰兒鞋、唇膏、鉛筆盒，同時，有成千上萬的東西不斷沿著金色光柱，從上方的洞口飄落下來。

他們接近倉庫中央時，傑克看到有一座巨型四面時鐘，架設在高高的柱子上，不管站在這棟龐大建築裡的哪裡，都看得見。至少，傑克認為那是個時鐘，可是接著他意識到，那個時鐘只有一根指針，沒有數字。七彩色塊分布在鐘面外圍，時鐘的單一指針正準備從黃色移向綠色。

「我還以為**失物之地**很可怕。」傑克對聖誕小豬說。

這間巨大的倉庫確實鬧烘烘又令人困惑，可是傑克並不害怕。

「我們還沒到外面去。」聖誕小豬說。

「可是我們不需要去外面啊，」傑克說，「你聽到開罐器講的了。DP會在北牆那裡，跟其他玩具在一起。」

「並不會，」聖誕小豬說，「他已經遺失太久。我被賣掉以前，原本住的那家店的鑰匙都跟我說了。鑰匙他們常來這裡。這個地方叫做錯置。還沒真正遺失的東西就會來這裡。比方說，人類可能把一個東西放下幾分鐘，結果忘了把東西留在哪裡。東西可以待在錯置裡一小時，給他們一個被找到的機會，然後就必須移到失地魔的領地。」

「DP在外面，在有失地魔的地方？」傑克說，興奮感轉眼消散。

「對，」聖誕小豬說，「可是別擔心，只要他好好遵守法律，應該就很安全。」

「可是我的火柴盒小汽車說，法律是失地魔訂的，還說他會作弊！」

「是這樣沒錯，」聖誕小豬說，「可是DP很聰明，也很明理，我確定他不會做傻事的。」

「你怎麼知道DP很聰明很明理？」傑克說。

「因為我們是兄弟啊。」聖誕小豬說。

「可是你又沒見過他！」

「那無所謂。反正他是我兄弟，我是他兄弟。我們都一樣。」

「你們才不一樣呢。」傑克說，免得聖誕小豬提議他們乾脆回家，免得小豬勸傑克放棄DP，留他在身邊就好。

「對，」聖誕小豬說，「我都忘了，我身上有點什麼，讓你想把我的腦袋拔掉。」

「我都說對不起了。」傑克說。

「沒有，你才沒有。」聖誕小豬說。

「好啦，對不起啦。」傑克說。

之後有一陣子他們都沒說話。溜冰鞋載著他們經過一大片地，那裡都是圖書館的書，他們的紙張嗖嗖翻動，七嘴八舌討論自己是怎麼被弄丟的。

「我想我看到玩具了！」傑克終於開口。

前面有一大片地，面積足足有五個足球場，擠進那個地方的有——玩具娃娃、塑膠恐龍、模型汽車、跳繩、溜溜球、撲克牌、拼圖小塊和骨牌，只要想像得到的玩具都有。雖然聖誕小豬講過，DP不會在這邊，但傑克還是忍不住希望可以看到DP塌軟的耳朵和鈕釦眼睛，可是放眼就是不見DP的蹤影。

「我們需要的，」溜冰鞋放慢速度的時候，聖誕小豬說，「是找到一對願意跟我們換票的玩具。」

「為什麼？」傑克問。

「這樣可以提前到失物之地，不用枯等一個小時，」小豬解釋，「應該滿容易的。這裡的每個東西都想盡可能待久一點，因為在錯置這裡，失地魔沒辦法對他們下手。」

溜冰鞋停下來了。他們爬出來以後，溜冰鞋又快快滑走。在他們站的地方附近，有一個雙頭怪物正掩面痛哭。那個怪物是棕色的，身上凹凸不平。一個身穿粉紅洋裝、戴頭冠的塑膠公主正在安慰他。

「我不敢相信他找不到我！」怪物啜泣，「我想，現在他一定睡得很熟，夢到那些他會在聖誕節收到的新玩具，而我——我會被失地魔吃掉！」

「別這樣嘛，打起精神，」公主說，「還有時間可以讓他找到你的。」

「問那兩個看能不能跟我們換票，」聖誕小豬對傑克小聲說，「可是不要跟他們說為什麼。我們這麼急著離開錯置，他們會覺得很奇怪。去吧——你看起來像是動作公仔，他們會信任你。」

「我要用什麼當換票的理由？」傑克緊張地問。

聖誕小豬努力思考，皺起口鼻。

「跟公主說，你覺得她很漂亮，」小豬提議，「說你想保護她不受失地魔的傷害，說你願意換票，讓她安全久一點。」

傑克臉一紅。

「我才不要說那種話！」

「那交給我吧。」聖誕小豬不耐煩地說，然後從傑克手裡抽走票，大步走向公主和雙頭怪物。走路的時候，肚子裡的豆子沙沙響。「公主，」傑克聽到聖誕小豬說，「我朋友注意到，妳朋友很難過，身為英勇年輕的動作公——」

那一刻，有個小丑出其不意從玩具盒裡彈出來，嚇得附近許多玩具驚聲尖叫。傑克很高興，因為這一來他就聽不到聖誕小豬跟塑膠公主講的，那些令人難為情的話。不久，聖誕小豬拿著兩張綠票而不是藍票，朝他走回來。傑克越過聖誕小豬的肩膀，看到雙頭怪物對他拋著飛吻。他覺得自己臉龐發燙，連忙別開臉。

「公主說她不需要保護，說她還滿期待來一場冒險的，」聖誕小豬說，「不過，怪物逼她跟我們換票。他想親親你，可是我說你太害羞了。」

「那就好。」傑克嘀咕，接過自己的票。

「只要有了這些票，我們現在應該隨時都能出去了，」聖誕小豬說，「啊哈！」

小豬用腳蹄指著柱子上的奇怪時鐘。指針正從黃移到綠。現在傑克終於明白，當時鐘指針指向某個顏色，只要你的票是那種顏色，你就必須離開錯置。

「我們走吧。」聖誕小豬說，一大群拿著綠票的東西開始離開他們的區域，拖著腳步走向北牆，全都一臉緊張。

聖誕小豬挺直肩膀。

「真正的旅程就從這裡開始，準備好了嗎？」

「準備好了。」傑克點著頭說。

17 三道門

幾千個拿著綠票的東西排成了歪歪扭扭的隊伍。大家推推擠擠，撞來撞去。很多東西還是滿懷希望，仰頭望著天花板裡的尋獲洞，巴不得有一道黃金光束照到他們，將他們往上帶回生者之地。戴著黑帽的失物調節員殘酷地笑著，將他們往前推。

「現在已經太遲了——配置的時候到了！」

「什麼意思？」傑克向聖誕小豬咕噥。

「我不確定，」聖誕小豬說，「可是我想，一定跟我們被送到失物之地的哪個地區有關。」

他們加入隊伍，排在一只華貴的藍寶石戒指後面。

「你們敢相信嗎？」戒指正大聲對著任何願意聽的人說，「她為了洗手，把我摘下來，結果把我留在水槽上！」

傑克焦慮地望向隊伍前側。起初，他看不到那裡有什麼，可是他們的隊伍移動得很快，不久他就明白，他們正朝著一長排桌子走去，更多失物調節員坐在桌邊，其中有個老鼠捕籠、一把拔塞開酒器以及一把釘書機。桌子後面有三道極大的門：第一道由樸素的木頭製成，就是會在穀倉或戶外廁所找到的那種。第二道由閃亮的鋼鐵製成，就是會在保險箱或保險庫看到的那類。最後一道由耀眼的黃金製成，雕刻精美，有捲曲的藤蔓和花朵。隊伍裡有很多東西都指著第三道門，一臉渴望。

抵達隊伍最前方的東西，一個接一個被叫上前去，坐在其中一張桌子邊，失物調節員會問他們問題。面談一結束，失物調節員就會在他們的票上蓋章，命令他們朝其中一道門走去。

「我滿擔心的。」聖誕小豬突然說。

「擔心什麼？」傑克問。

「擔心我們要怎麼順利通關，不讓失物調節員察覺你是人類。」

「開罐器剛剛就沒發現。」傑克說。

「可是查出你的事，決定接下來要送你去哪裡，又不是她的工作，」聖誕小豬說，「快，我們需要編個故事。你是哪個工廠做的？」

「我……不知道。」傑克說，努力要想個有說服力的工廠名稱，但腦袋一片空白。

「就說是丁格堂工廠，在伯明罕，」聖誕小豬說，「那就是生產我的工廠，他們除了小豬玩偶，也做動作公仔。好了，你叫什麼呢？」

「傑克。」

「動作公仔不會叫傑克啦！我們就說……我們就說你是睡衣男孩好了，擁有睡覺和做夢的力量。」

「我不想當睡衣男孩，」傑克說，「聽起來好呆。」

「那就說你叫傑克，看看會怎樣！」聖誕小豬狠狠地低語，他們往隊伍前端移得更近，「好了，你是怎麼弄丟的？」

「從一個男生的口袋掉出來。」傑克說，模仿聖誕小豬稍早對開罐器講過的話。

「那你現在在哪裡？」聖誕小豬問。

「我在這裡，在跟你講話。」傑克說。

聖誕小豬用腳蹄遮臉。

「我們要是沒直接被丟給失地魔，就算好運了。」小豬再次移開腳蹄並說，「被往下吸到失物之地這裡的，是喚活的那部分。你必須跟失物調節員說，你的塑膠男孩本尊在哪裡，懂了嗎？在上面的生者之地那裡！」

「這是你的計畫耶！」傑克說，既害怕又有點氣，因為他們現在很靠近隊伍前端，「告訴我該怎麼講，快點！」

可是就在那時，他們背後爆出了巨大的騷動。

18 囚犯

兩個失物調節員，一把打洞器和一根叉子，正用細細長長的強壯手臂（在失物之地，很多東西似乎都會長出這樣的手臂），拖著一個沾滿泥巴的小東西，穿過兩行隊伍之間。他們的囚犯渾身髒兮兮，幾乎看不出是什麼東西，雖然身上似乎毛茸茸的。

「求求你們！」囚犯尖聲說，「請給我一張票，讓我待一個小時！噢，拜託，拜託，給我一個機會。可能會有人想要我……噢，讓我試試看——」

失物調節員走到傑克和聖誕小豬身邊時，傑克終於看出那個哭哭啼啼的囚犯是什麼：是一隻藍色絨毛小兔，看起來已經在泥巴裡躺了一陣子，如果不是幾星期，就是好幾天。傑克無法理解，失物調節員為什麼要欺負可憐的兔子。那根叉子戳著兔子，逼他走快點。每次兔子尖聲喊疼，那個打洞器就哈哈笑，開了又關，小小圓圓的紙片像五彩碎紙一樣噴飛出來。他們拖著囚犯直直路過兩張失物調節員的桌子，朝著地上看起來像金屬人孔蓋的地方走去，是傑克之前沒注意到的。

「你屬於失地魔，沒錯！」打洞器說，「這些正規的東西在上面都是有主人的，好了，別在他們面前丟人現眼了！」

「他們為什麼要這樣對他？」傑克對聖誕小豬悄聲說，小豬只是愁眉不展，搖了搖頭。

「因為他很髒嗎？」傑克問，想起髒兮兮的DP。DP抵達錯置的時候，要是受到那樣的對待，這可怎麼辦？

「別管那隻兔子了，」聖誕小豬說，突然一臉決心，「這就是你的機會，傑克，快往前爬。」

「什麼？」傑克說。

「趁大家都盯著那隻兔子看，快快爬過失物調節員身邊。我到另一邊跟你會合！」

現在傑克懂了：大家都目不轉睛盯著囚犯和逮捕隊員，連桌邊的失物調節員都是。傑克雙膝跪地，爬過藍寶石戒指身邊，鑽過兩張桌子間的縫隙，往一群配置完畢的東西爬去，他們正站在木門前方。這些東西對囚犯的命運深感興趣，沒注意到傑克混入了他們之間。傑克站起來，轉頭去看兔子的遭遇。

「求求你們！」兔子正尖聲叫著，「噢，拜託，給我一個機會——」

「像你這樣的東西是沒機會的，」叉子低吼，兔子掙扎不休，「沒人想要你。沒人在乎你不見了。你是多餘物。」

打洞器把笨重的人孔蓋拖到一邊，露出了黝暗的洞口。兔子怕得放聲尖叫，叉子戳著他越來越接近邊緣。最後，小兔腳一滑，摔了下去。大家聽著他的驚叫聲越來越模糊，彷彿沿著一條管道越滑越遠。接著，打洞器將金屬蓋砰地用力放回隧道入口，完全掩住了他的尖叫聲。

那兩個失物調節員扶正了自己的黑帽，跳著離開，一臉洋洋得意。慢慢地，旁觀這個恐怖場面的東西們，現在又開始講話。

站在傑克旁邊的塑膠梳子低聲說：「很可怕吧？」

梳子的外表很古怪，兩側各有一隻眼睛，正從梳齒之間的縫隙發話。

「是啊，」傑克說，「好恐怖喔。」

他覺得他們當中應該有誰出面搭救那隻兔子，而不是眼睜睜看著兔子被拋下管道。他真希望自己有所行動，可是話說回來，他可能會被認出是活人男孩，也許在還沒找到DP以前，就會被迫離開失物之地。

「他們對待多餘物的方式，真教人作嘔。」梳子旁邊的電池壓低嗓門說，免得失物調節員聽到。

聖誕小豬現在到了最近那排隊伍的前端。拔塞開瓶器失物調節員剛剛才叫藍寶石戒指到金色大門旁邊等候。拔塞開瓶器的嗓門很大，傑克可以聽見他和小豬之間的完整對話。

「名字？」開瓶器問。

「聖誕小豬。」

「在哪裡做的？」

「丁格堂工廠，在伯明罕。」

「喚活的日期跟地點？」

「今天下午，」聖誕小豬說，「在班朵頓玩具店。」

「然後他們已經把你搞丟了？嘖，嘖。」開瓶器說，一面細讀眼前那一長串名單。

「聖誕，聖誕，聖誕，聖誕……啊，有了，在這裡。聖誕小豬……噢，天啊，似乎沒人喜歡你，是吧？」

「我是替代品。」聖誕小豬說。

「啊，」開瓶器冷笑著說，在椅子裡扭扭身子，「是的。替代品有時候會成功，有時候不。以你的例子來說，看來是『不成功』。可是你還是全新的，所以如果有人找到你，你可能還是派得上用場。可以送到二手慈善商店，我想。木門。」

於是聖誕小豬快步走到木門旁邊，加入傑克那組的行列。木門此時已經打開。

19

像馬的東西

他們走到門外，一陣冰冷的強風迎面襲來。傑克很吃驚，因為他離開生者之地的時候已經是晚上，可是在倉庫外面，太陽才準備要下山。雪從奇怪的天空紛紛飄落，天空看起來彷彿是彩繪的木頭做成的，不過比生者之地的任何一片天花板，都還高遠得多。傑克可以在木頭天空裡看到幾個遙遠的尋獲洞，但數量沒有錯置那裡多。

他們四周的土地很荒涼，而且空蕩蕩的：散落著石頭的荒原，一路延伸到遙遠的地方，地上只長著一簇簇的薊草。在光禿禿的地面和飛旋的落雪之間，是傑克所見過最不討人喜歡的地方。

他回頭望向錯置的牆壁，看到他們剛剛穿過的門竟然已經消失了，真不可思議。然後他突然想起，現在已經回不去了，除非找到ＤＰ。他害怕起來，失物之地比他原本想得還奇怪、還複雜。比方說，穿過另外兩道門的東西們，到了另一邊以後，看到的會是什麼景象？更重要的是：ＤＰ當初穿過了哪道門？

接著傑克聽到了馬蹄聲。他和同組的其他東西——除了梳子和電池，還有一把塑膠尺、一塊熊貓形狀的橡皮擦、幾條鞋帶和一副筷子——轉身便看到形狀像馬的東西逐漸接近。有塑膠小馬、絨毛粉紅獨角獸、陶製的拉車馬，其中最大的是一匹柳條大驢子，挽具的兩側扛著塑膠水果籃。在這些東西前面帶頭的，是另一個失物調節員：一把廚房剪刀，戴著兩頂黑帽，一邊手把一頂。他尖端朝下，坐在輪子嘎吱響的木馬上。

「動作快，上來！」剪刀厲聲說，「不！」他對傑克和聖誕小豬嚴厲地補了句，他們正朝著兩隻塑膠小馬走去，「你們體型最大，可以一起騎驢子。」

於是傑克和聖誕小豬手腳並用爬上了驢背，驢子呻吟一聲並說：「小心我的柳條啊，可是會斷的，知道吧。」

大多數的東西掙扎半天也爬不上坐騎。梳子、電池、尺、筷子頻頻滑下來，最後剪刀只好叫鞋帶把他們綁上去。

就在大伙兒都成功登上了坐騎之後，錯置的牆壁後方竟然傳來警報器的哀鳴。

「噢天啊，」剪刀嚇一跳並說，「不好了。」

「那是什麼意思？」梳子說，語氣驚慌。

「那就表示，」剪刀說，「有東西在它不該在的地方。」

傑克和聖誕小豬互看了一眼，露出了擔憂的神情。傑克確定聖誕小豬也有同樣的想法：但不知道為什麼，失物調節員知道傑克在場，即使他躲開了盤查。

「失地魔會來嗎？」那把尺低語，渾身發抖。

「也許吧，」剪刀說，「如果有東西不遵守規則，失地魔就會想逮住他們，把他們吃了。只要違反規定，就會變成多餘物，多餘物會被吃掉，過去向來如此，以後也會是。那就是法律。」

剪刀用銳利的眼神掃過坐騎上的那群東西。「你們都是經過正規程序配置過來的吧？」他問。

他們全都點著腦袋說：「是的。」

剪刀踢了踢，催木馬往前走。嘎吱響的輪子開始轉動。一行人沿著積雪的路徑出發，那條路繞著荒地的外圍延伸。

「唔，如果你們說謊，我們遲早都會查出來。」剪刀以陰沉的語氣說。

20 柳條驢子

「為什麼現在還是白天？」出發時，傑克小聲對聖誕小豬說，柳條驢子邊走邊嘎吱響，「我們離開我房間的時候，天明明都黑了。」

「在**失物之地**，時間的算法不一樣，」聖誕小豬低聲回應，「他們說，**生者之地**的一小時，等於是**失物之地**的一整天。」

雪下得又急又密，不久，傑克睡衣的肩頭變得冷冷溼溼，雖然更讓他擔心的是，**失地魔**可能就要從黑暗中現身。不過，除了電池在塑膠小馬上稍微往下溜之外，沒發生什麼意外，負責綁住電池的鞋帶必須把自己拉得更緊一些。

雖然天空有那種彩繪而成的古怪模樣，但是當他們繞著荒地的邊緣騎行，天色依然慢慢暗了下來。不久，夜幕低垂。傑克只知道剪刀依然帶領著他們，因為他聽得到馬匹的輪子聲。傑克對聖誕小豬細聲說：「你想他要帶我們去哪裡？」

「我不知道，」聖誕小豬說，「可是我們暫時先遵守指令好了。我認識的東西都告訴我，想被吃掉的話，違反失地魔的法律就是最快的方式。失地魔就住在外頭那邊。」聖誕小豬補充，用一隻腳蹄指著岩石散落、遼闊無邊的荒地。「那就是無人悼念失物荒原。」

「『無人悼念』是什麼意思？」傑克問。

「意思就是，沒有人類在乎你不見了，」聖誕小豬邊說邊眺望著蕭條的風景，「就是多餘物會去的地方——不被愛、不被想要、一無是處的東西。他們沒有遮風避雨的地方，只能在荒地上到處流浪，直到失地魔逮到他們。」

「唔，DP絕對不會在荒地上，」傑克說，「我想，比起下面這邊的任何東西，他更被愛，也更被想要。」

「是，他不會在外頭那邊，」聖誕小豬附和，從荒地轉過頭來，看著眼前的土路，「如果我們運氣好，他會在我們要去的地方，不管是哪裡。從這群東西的外表看來，一定是專門收留便宜東西的地方。」

「DP才不便宜，」傑克立刻說，「他很貴重。」

「對你來說，他非常貴重，可是我們小豬玩偶的價格一點都不高，」聖誕小豬說，「我只是希望，當他的雙胞胎兄弟出現的時候，不會有人覺得奇怪。」

「噢，不必擔心，」傑克說，「你跟DP一點都不像。他身體的顏色跟你不一樣，原本的眼睛掉了，換成了鈕釦，而且耳朵歪歪的，味道也比較好聞。」

他們的柳條驢子嘎吱響，搖搖又晃晃。電池抽抽噎噎，又從側面滑下小馬。鞋帶將電池束得更緊。

「你說他味道比較好聞，是什麼意思？」聖誕小豬問。

「我不知道──反正就是DP的味道，就這樣。」

「那我聞起來怎樣？」聖誕小豬問。

「有玩具店和地毯的味道，」傑克問，「什麼都不是的味道。」

「多謝了。」聖誕小豬說。

之後，除了陶器和塑膠腳蹄的喀答聲，柳條驢子的嘎吱響，剪刀拉馬輪子的唧唧聲之外，只剩一片沉默。最後，剪刀放聲喊道：

「歡迎回家！」

黑暗中聳立著破舊的木頭告示，上頭用剝落的漆料寫著：

歡迎來到用後可拋城。

SALOON

第三部

用後可拋城

21 用後可拋城

「噢不——噢不——真是太不幸了！」梳子嚷嚷，「我們竟然是用完就可以拋開的東西！」

「你該不是在抱怨吧？」剪刀用恐嚇的聲音說，「你們的頭頂上至少還有個屋頂可以遮風擋雨。有很多東西可是連這個都沒有。如果你寧可當多餘物，我們可以安排！」

「不要，」梳子小聲說，「我才不要當多餘物。」

「那就不要鬼叫。」剪刀喝叱。

他們剛剛進入的城鎮由低矮的木頭建築組合而成，全部看起來都擋不了風，十分單薄。幾盞微弱的掛燈照著積雪的街道。剪刀領著整群東西到拴馬樁前面，他在那裡下了坐騎，將所有東西的坐騎都拴在木樁上，然後動手替電池、梳子、尺、筷子鬆綁。

「大家好！」後面傳來一個爽朗的聲音，大家一轉頭，看到一副眼鏡從房子裡蹦蹦跳出來。那間房子掛著「酒館」的標誌，有雙開彈簧門。眼鏡戴著上面印了「L」的黑色牛仔帽，看起來比他們到目前為止見過的失物調整員，都還友善得多。

「很高興見到你們，朋友們！」眼鏡喊道，鼻墊像大八字鬍一樣擺動著，「我是眼鏡警長！欸，剪刀啊，聽說一個小時前，錯置那邊響起了警報。是真的嗎？」

「是真的，」剪刀說，「有東西在它不該在的地方。」

「保佑我的鉸鏈，那就表示有麻煩了！」眼鏡焦慮地說，憑空拉出一條破舊的拭鏡布，抹起鏡片來，然後又讓它神奇地消失不見，一面更仔細地打量這群東西。「好，我會帶這些傢伙進去，好好跟他們介紹一下環境。剪刀，出發前要不要來一杯潤滑劑？」

「沒時間了。」剪刀說。

「可是你在這種狀況騎回去，可能會凍到僵掉喔。」

「唔……你倒是說到一個重點。」剪刀說，現在望向酒館。

「而你剪刀有兩個尖點！」警長說，對自己的笑話開懷大笑，「懂了嗎？懂了嗎？」

他滿懷希望，環顧整群東西。誰也沒笑。梳子吸吸鼻子。

「那麼跟我來，大家！」眼鏡說，他帶路走進酒館。剪刀跟了上去，就在傑克後面。剪刀的銳利尖頭敲在地上，讓傑克聽得寒毛直豎。

酒館的照明是一盞閃閃滅滅的油燈。窗戶上掛著被蛾咬過的絲絨布簾，木頭地板有著點點汙漬。一只老園藝手套正在角落的玩具鋼琴上，彈奏一首憂傷的曲子。天花板有另一個尋獲洞，洞口的正下方有一個舊錫製便當盒，占據了兩個座位。

「彈鋼琴的是**指指**。」**眼鏡**說。手套**指指**揮了揮大拇指，然後回頭去彈她悲傷的曲子。「坐在尋獲洞下面的是**午午**。」

那個午餐盒一語不發，只是繼續往上盯著天花板那個幽暗的洞，彷彿憑念力可以召喚出金色光束，好帶她回到**生者之地**。她想離開這個陰鬱的房間，傑克也不怪她。傑克四下張望，想看看ＤＰ是不是坐在某個陰影籠罩的角落，可是並沒有。傑克想，也許ＤＰ睡在他們剛剛路過的某間搖搖欲墜的破屋裡。他納悶要等多久才能溜出去看，這時**眼鏡**說，「好了，我們各自拉張椅子來坐，讓自己舒服點吧？」

大家都坐了下來。冷冰冰的風從雙開彈簧門竄了進來，傑克現在拚命忍住不要發抖。他真希望當初在臥房的時候，照著聖誕小豬的建議做，帶件兜帽衫、穿上鞋子，雖然他並不打算跟小豬說。

「所以，歡迎來到**用後可拋城**！」警長說，「這個鎮上沒多少資源，可是只要有什麼，我們都一起分享！好了，我明白，」他瞧了瞧抽吸鼻子的梳子，「到這裡來，你們當中有些人不怎麼開心——」

「發現自己被分到**用後可拋城**裡，有什麼東西會覺得開心啊！」梳子說著便啜泣起來，「那就表示我們的主人不在乎我們啊！」

聽到這番話，筷子稍微往下彎——到了**失物之地**的東西，除了會長出嘴巴、眼睛和手臂，似乎也變得格外有彈性——熊貓橡皮擦則嘆了口氣。

「好了，那不是真的，先生，」**眼鏡**堅定地說，「如果沒人在乎你，你早就在**錯置**那裡被推進廢棄管了！」

「我——我還以為我對他來說很特別！」梳子抽泣，不理會**眼鏡**，從梳齒之間拉出一條黑色髮絲，「我們在一起好——好多年了……我還以為他——

他在乎！」

「好了，朋友，打起精神來，」警長溫柔地說，「我們這些廉價、老舊的東西都知道是怎麼回事。我們消失的時候，不會有人心碎。要取代我們很簡單，可是那不代表我們毫無價值，不是的！」眼鏡繼續說，「還是有希望的——無窮的希望！欸，你們任何一個隨時都可能會被找到！」

「我從來沒被用過，」電池說，一臉陰鬱，「我還以為我對那家人會更有價值。畢竟都聖誕節了。我還以為，我會在小女孩的新遙控汽車裡，找到一份終身的職務。」

「唔，現在你懂了吧，電池！」梳子悲嘆，「你對他們來說一無是處！我們全都一無是處！」

「你們需要的，是好好睡一覺！」警長說，再次用鏡腳站好，邀請梳子也站起來，「等你們休息過後，一切看起來都會更好。你們趕快去十六號房，就在樓上，右手邊第一間。去吧，這樣才是好傢伙。」

梳子一副想爭辯的樣子，但說時遲那時快，一聲恐怖的尖叫迴盪在外頭的街道上。園藝手套指指不再彈奏鋼琴。眼鏡、剪刀，連午午都急著朝荒地的方向轉身。

「那是什麼聲音?」梳子尖聲說。

「在荒地上發生的事情最好不要理會,」剪刀說,他此時正在吧台旁邊享用他那杯潤滑劑,「乖乖照指示做就是了,如果運氣好,你永遠不會發現那些尖叫的起因。」

22 調節

梳子一消失在樓上，眼鏡就說，「指指，彈點聖誕歌給我們聽，讓氣氛愉快起來好嗎？」

園藝手套開始彈奏《美哉小城伯利恆》，可是作用不大。傑克可以看出，所有的東西都還在想——他自己也是——那聲尖叫。

「好了，」眼鏡對剩下的新來者說，「這裡的規定很簡單。只要留在城鎮的邊界之內——保持開朗的心情！千萬不要忘記，你們隨時都可能被找到——或是被調節！」

「被調節？」電池複述，「那是什麼意思？」

「意思就是，你們在上頭的價值有了變動，」警長說，「拿你的例子來說好了，電池。沒人認為他們現在需要你。可是到了聖誕節那一天，他們把小女孩遙控汽車的背面拉開來，就會明白他們少了你，電池就不夠用！這個時候，你對他們的重要性就變大了。他們會開始更認真尋找你的下落。他們尋找你的當兒，你就會被移到糟糕不見了城，就是隔壁的城鎮——因為你對你的主人來說，重要性大為提升。在糟糕不見了城那裡，你會有自己的小房子，也許甚至有花園！可是，如果你們最後永遠待在用後可拋城，大家，那麼我希望你們能幫忙我一起把這個地方變成失物之地裡，最愉快也最有朝氣的城鎮！」

傑克現在很確定，ＤＰ一定在糟糕不見了城。他們必須盡快離開用後可拋城，趕到那邊去。

「好了，大家上床就寢吧，」眼鏡說，「你們當中有些恐怕必須共用一個房間，因為在用後可拋城這邊有點擠——」

「沒人跟我一樣擠！」有個回音般的氣音說。大家東張西望要看說話的是誰，可是吧台裡沒有其他東西。

「是你嗎？吸吸？」眼鏡說，對著便當盒的方向咧嘴笑，便當盒一臉尷尬。

「沒錯！」那個氣音說，傑克現在明白，聲音是從那個錫盒傳出來的，「不能讓我出來透氣一下嗎？拜託？裡面烏漆麻黑，而且聞起來有雞蛋三明治味！」

「不行！」剪刀在吧台那裡喝叱，「你待在原地別動！失物裡面的失物，一定要留在失物裡面繼續遺失，法律就是這麼規定的！」

傑克看著聖誕小豬，但是小豬對這件事懂得似乎沒比他多。

「可是裡面很可怕！」那個聲音哀嚎。

「不會是永遠的！」便當盒對著自己的肚子說。

「哈！」剪刀說，露出殘忍的笑容，「別自欺欺人了。現在在聖誕樹下，搞不好就有個又好又新的便當盒等著你的主人。粉紅色，蓋子上有獨角獸的圖案，我猜。等她拿到了又好又新的塑膠便當盒，你想她還會花那個力氣，找一個像你這樣的舊錫盒嗎？」

便當盒發出一聲嗚咽，從兩張椅子跳下來，喀啦喀啦爬上樓梯，朝臥房走去，她裡面那個用氣音講話的聲音說：「哎唷！哎唷！妳把我搖得七葷八素！」

「那樣說話很不厚道，剪刀。」眼鏡用低沉的聲音說。

「厚道？」剪刀不屑地說，「那是真相。東西都該搞清楚自己的身分，免得惹禍上身。」

他把最後幾滴潤滑劑倒在將他固定到位的螺絲上，然後踩著尖頭，大搖大擺走出酒吧，踏進了飛雪之中。

眼鏡嘆口氣，然後跟每個新來的東西說他們過夜的房號。東西一個個爬上樓梯，最後只剩傑克跟聖誕小豬。

現在，眼鏡似乎頭一次注意到他們。

「在用後可拋城這邊，通常不會有像你們這麼新的東西。」他說，好奇地看著聖誕小豬，「小豬，你有什麼苦衷？」

「噢，我們是一起被弄丟的，」聖誕小豬說，「我們都掉出了男孩的口袋。」

「像你們這樣的好玩具，哪個男孩不會認真找？」警長問，輪流打量聖誕小豬和傑克。「那你又是什麼？」他又問，牢牢盯著傑克的臉。

「我是動作公仔，」傑克說，「睡衣男孩，有睡眠和做夢的力量。我有專屬的卡通喔。」他補了一句，好讓自己顯得更有分量。

「你說你有自己的卡通？」眼鏡說，依然盯著傑克不放，「欸，欸，細節處理得真不錯。所以你們兩個都從主人口袋掉出來？」

「我們家主人是個被寵壞的男孩，」聖誕小豬說，「他根本不在乎自己的玩具，因為他有太多了。對他來說，一隻絨毛小豬就跟另一隻一樣，一個動作公仔就跟別的動作公仔沒有不同。大家都知道，他甚至會把東西丟來丟去，還往他們身上猛踩。」聖誕小豬補充，偷瞥了傑克一眼。傑克拉長了臉。

「我的天，我聽過這樣的孩子，」眼鏡悲傷地說，「在我那個年代，小孩手邊的玩具少多了，個個寶貝得要命。以前那個時代啊，絕對不會有你們這麼精緻的玩具來這裡。」

「我陪你們上樓到房間去吧，」眼鏡說了下去，「你們早就認識，不介意共用一個房間吧？」

他帶領他們上樓，穿過闃暗無窗的走道，走道兩側是編了號碼的房間。他們路過二十三號房的時候，門開了個縫，那個便當錫盒往外探頭。

「我被調節了嗎？」她低聲說。

「看來是沒有，午午，」眼鏡說，「如果當天有調節的案例，通常會更早接到消息，不會拖到這麼晚。」

便當盒嘆了口氣，再次關上門。

「可憐的東西，」眼鏡靜靜地說，他們繼續沿著走道往前行，「一直很難適應這裡。」

「眼鏡警長，」傑克突然說——他一定要百分之百確定DP不在這裡，所以不顧聖誕小豬拋來的警告眼神——「你在用後可拋城這邊，有沒有看過另一隻玩具小豬？他跟這隻小豬差不多高，可是眼睛是鈕釦做的，耳朵歪歪斜斜。」

「鈕釦眼睛和耳朵歪斜的小豬？」眼鏡說，在幽暗中暫停腳步，再次瞅著傑克，「沒有耶，小子，我沒看過外表符合這種描述的小豬。」

傑克大失所望，但也不太意外。眼鏡推開二十號房的房門，門嘎吱作響。

「好好睡吧，你們。」警長說。

但警長順手關上門的時候，狐疑地瞥了傑克一眼。

23 計畫

眼鏡一離開，聖誕小豬立刻轉身向傑克開砲。

「你剛剛幹嘛問他DP的事？」

「因為那就是我們來這裡的原因啊——為了找到他！」傑克說。

「他不可能在用後可拋城，還不明顯嗎？你幹嘛要那樣把注意力拉到我們身上？說有你專屬的卡通，又是怎麼回事？」聖誕小豬氣沖沖補了一句。

「哼，睡衣男孩這個名字很呆，」傑克說，一樣生氣，「而且工廠會推出動作公仔，總是有原因吧。要不然誰會推出穿著睡衣的塑膠男孩？」

「我只希望眼鏡不會通報失地魔，說這裡有個動作公仔，表現得像個弄丟小豬玩偶的活人男孩！」聖誕小豬說，「如果失物調節員開始向其他玩具打聽，問他們有沒有聽過睡衣男孩和他的卡通，我們就真的有麻煩了。我們在想計畫的時候，不能再做出其他會引人起疑的事情。」

傑克想不出怎麼反駁，於是往雙人床一屁股坐下，壓得床墊彈簧吱嘎響，然後環顧四周。房間的照明來自一根蠟燭，壁紙正在剝落當中。天花板的尋獲洞蒙著蜘蛛網，顯然閒置很久了。同時，聖誕小豬已經走到有裂痕的窗戶前面，往下俯視積雪的街道。

傑克太擔心DP的事，輾轉反側睡不著，所以過了一會兒之後，索性起身走到窗邊，跟聖誕小豬站在一起。雪依然急急密密落在外頭的黝暗街道上。剪刀和坐騎都已經離去。

「聖誕小豬？」傑克在久久的沉默之後說。

「嗯？」聖誕小豬說。

「『喚活』是什麼意思？就像你跟我說過的醒過來嗎？」

「沒錯。」聖誕小豬說，依然俯望著下雪的幽暗街道。

「人類的感受感染給東西以後，就會發生這種事嗎？」

「其實不算真的感染，」聖誕小豬說，「那些感受會進入我們的內在。喚活會把我們從布料、豆子跟絨毛，或是金屬、木頭和塑膠，變成……更多的什麼。有時候，一個東西要花好幾年時間才能徹底喚活——可是有時候一眨眼就發生了。那就是我自己的經歷。就在今天，在玩具店裡。荷莉和你外公正在討論要帶哪隻豬回家送你；他們選了我的時候，我就被喚活了。那就是我開始產生意義的時候。喚活的時候，我們就會真正瞭解自己的使命。」

「表示你想屬於荷莉嗎？」傑克問，「因為她選了你？」

「對，」聖誕小豬遲疑一下才說，「那就是為什麼——」

可是就在那時，下方街道傳來噪音，他們同時回頭望向窗外。

「有人來了！」傑克害怕地說。他看到街尾出現更多黑帽。他們是不是來尋找不該在所在之地的東西？

三個新的失物調節員——一把剃刀、一把鑿子、一把小刀——正穿過街道而來，各個騎著模樣滑稽的雪橇或馬車：一隻老拖鞋由發條老鼠拉著走，一只鞋盒由毛茸茸的玩具小狗拖著走，還有帶輪子的木頭拖車，由兩隻大象飾品負責拉，一頭大象是大理石做的，另一頭是黃銅做的。三位乘客——一張公車通票、一把鑰匙、一本護照——各乘著一個交通工具，就在負責駕駛的失物調節員後面。傑克和聖誕小豬靜靜觀察，那些交通工具停在酒館外面的掛燈底下，眼鏡警長急急忙忙走到街頭迎接他們。

聖誕小豬慢慢並小心地打開窗戶。窗戶發出小小的嘎吱聲，但幸運的是，新來的東西在下頭發出太多噪音，不至於聽到。現在傑克和聖誕小豬可以聽見眼鏡和失物調節員的對話。

「大家好，朋友們！」眼鏡嚷嚷，「我以為你們一個小時前就會到！」

「我們被耽擱了——增設了一個檢查崗哨，」小刀說，頭戴毛茸茸的黑帽，「你沒聽說嗎？看來下面這裡，有個東西在它不該在的地方。」

「我的螺絲都在顫抖了，也太可怕了吧？」眼鏡倒抽一口氣，「上次發生這種事是什麼時候？」

「我想沒有，」小刀說，「你有看到什麼東西有奇怪的舉動？眼鏡？」

「唔，說到這個嘛，」眼鏡慢吞吞說，「你會提到這點，還真有意思……我剛剛跟一對玩具講話，正覺得他們表現得有點奇怪。」

傑克和聖誕小豬互看一眼，驚恐萬分。

「那麼你最好立刻通知逮捕隊，」小刀嚴厲地說，「如果最後發現，他們就是不該在這裡的東西，失地魔不只會吃掉他們，也會把你吞了。總之——喏，這裡有三位用後可拋城的新市民，從糟糕不見了城過來的。喂，你們三個！」他粗魯地對著坐在交通工具上的乘客大吼，「下去！」

「好了，好了。」眼鏡說，公車通票、鑰匙、護照全都爬下來，踏上街道，挨挨擠擠站在一起，一臉可憐兮兮。「他們只是被調節了，沒必要對他們那麼粗暴。」

「我趕時間，」小刀怒斥，「這三個的故事很常見，就是在上頭被替換掉了，所以他們引起的麻煩到此為止。不過，我接獲了調節的指令：是你們當中的三個，在這邊——」他把清單遞給眼鏡。

「寶卡，」眼鏡大聲朗讀，「唔，我有直覺她不會留在我們身邊太久。指指——噢天啊，」眼鏡悲傷地說，「我們會想念她彈的鋼琴。還有——保佑我的鼻墊——午午也是？」

「那個媽媽意識到，她小女兒弄丟的吸入器就在午午裡面，」小刀說，「小女孩有氣喘，媽媽現在急著找到那個午餐盒。」

傑克突然揪住聖誕小豬柔軟的手臂。

「怎麼了？」小豬低聲說。

「我們可以躲進便當盒，偷偷到下一個城鎮去！」

「要是檢查站要便當盒打開來呢？」聖誕小豬說。

「我——我不知道，」傑克承認，想到有這個可能就害怕，「可是要是眼鏡向逮捕隊檢舉我們呢？」

聖誕小豬想了幾秒鐘，皺起口鼻，然後說：「好吧——那由我負責講話，不要提你有專屬卡通的事！順便把床上那條毛毯帶走。」他補充。「外頭很冷。我跟你說過，你應該穿比較保暖的衣服。」

「我沒事。」傑克回嘴。可是當聖誕小豬轉過身去，傑克悄悄從床上拿起毛毯，跟了上去。

24 便當盒

傑克和聖誕小豬悄悄走出房間，回頭穿過黑暗的走道，小豬緊緊捧著肚子，以便悶住裡頭的豆子聲，最後抵達第二十三號房。傑克輕輕敲響房門，錫製老便當盒開了門。

「介意讓我們進來嗎？」聖誕小豬問。

「不介意。」便當盒客氣地說，雖然語氣不掩驚訝。

便當盒的房間跟他們剛剛離開的一樣昏暗跟寒酸，甚至更小。從這個房間可以俯看酒館背面以及**用後可拋城**許多低矮的木屋。窗前依然落著濃密的雪。

「好消息！」聖誕小豬告訴便當盒，「調節員剛剛到了。如果妳可以證明自己的肚子裡有吸入器，他們就會把妳帶離**用後可拋城**！」

「唔，我當然可以證明！」便當盒歡喜地嚷嚷，讓蓋子掉了開來。當然了，吸入器正愁眉苦臉坐在裡面，用氣音說：「如果我們被調節是因為我，我為什麼不能──？」

可是她沒講完自己的問題，因為聖誕小豬忽地跳進便當盒，靠在她旁邊，用腳蹄摀住她的嘴。傑克也擠了進去，裡面擁擠不堪，他可以聞到雞蛋三明治的味道。

「真是太失禮了！」便當盒從他們上方震驚地說，「你們不能沒經過邀請，就這樣擅自走進來！」

「蓋子還不快關起來！」聖誕小豬兇狠地說，「不然我們會跟他們說，是妳主動要把我們偷渡到隔壁城鎮的，到時妳就會因為幫忙多餘物，被丟到荒地去！」

「出去！出去！」便當盒嚷嚷，跳上跳下，試圖擺脫傑克和聖誕小豬，但他們死命巴住不放。「我會跟他們說，是你們自己跳進來，強迫我偷渡你們過去的！」

「誰都不會相信妳！」聖誕小豬說，「更重要的是，如果妳不幫我們，我這個動作公仔朋友會打壞這個吸入器。如果吸入器壞了，妳就永遠別想被調節！睡衣男孩的手指力大無比，知道吧！很適合弄破東西！」

雖然進入便當盒裡完全是傑克出的主意，但是他現在覺得又害怕又愧疚。他忍不住替便當盒覺得難過，而他絕對不想弄壞吸入器。聖誕小豬竟然對這些可憐東西這麼惡劣，也讓他很震驚，可是他還來不及說什麼，敲門聲就響起了。

「午午？」門外走道上傳來了老眼鏡的聲音。

便當盒連忙猛力關起盒蓋，讓傑克、小豬跟吸入器一起擠在黑暗中。

「是？」他們聽到便當盒抖著聲音說。

「好消息。妳被調節了！」

「噢，」傳來便當盒模糊的聲音，「嗯……太好了。」

「妳還好嗎？親愛的？妳好像不怎麼開心。」

「沒有的事，我……我很開心啊。我只是——只是會想念你，眼鏡。」

「唔，好了，」警長說，聽起來頗受感動，「真貼心！可是妳最好動作快點！調節員快遲到了！」

便當盒的蓋子微微變形，這點還滿幸運的，因為有足夠的空氣可供傑克呼吸，更好的是還透進一絲光線，裡面就不會一片漆黑。傑克和聖誕小豬一起擠在陰暗的錫盒裡，感覺便當盒咚咚往下跳進酒吧。

午午的錫製底部越過木頭地板的時候，發出不少噪音，傑克覺得跟聖誕小豬小聲說話還算安全。小豬依然舉著腳蹄，牢牢摀住吸入器的嘴。「沒有必要那樣威脅她吧！」

「你想找到DP還是不想？」

「當然想啊，」傑克說，「可是你剛剛好惡劣！」

「當初想拔掉我腦袋的人，還好意思說別人。」聖誕小豬說。

「別再一直提那件事了啦！我都說對不起了！」

便當盒一直往前跳，傑克聽到小刀的聲音離得很近，便知道他們已經來到街上。「那邊那個，便當盒——妳坐我這輛馬車，因為妳體型最大。喏，鑿子——扶她起來。」

「不用，不用，我可以自己來！」便當盒慌慌張張說。傑克猜想，她不希望讓失物調節員感覺她有多重，她的肚子裡原本應該只有吸入器的。她小小試跳了幾下，最後鏗鏘一聲，終於降落在木頭馬車裡。

「抱歉我遲到了！」一個新的聲音說，「真高興終於可以離開了！不是你人不好，眼鏡——你是個大好人——可是我不會想念跟帕帕共用一個房間，他來這裡以後就沒洗過澡。」

「可憐的傢伙，」警長感傷地說，「他已經自暴自棄了。有些東西好幾年都沒被找到，最後就會變成這樣。唔，祝你好運，寶卡！再見了，指指！再見了，午午！我們會想念你們的！」

「再會了，眼鏡，」小刀呼喚，「記得通知逮捕隊那兩個玩具的事，馬上！」

木頭馬車啟程了。傑克可以聽到兩頭笨重大象踩得雪地吱吱響，發條老鼠的嗡嗡聲，還有毛毛狗偶爾的吠叫聲。

「我現在要放開妳了，」聖誕小豬對吸入器小聲地說，「可是如果妳放聲尖叫，或是暴露我們的行蹤的話，我保證，妳會跟我們一起被丟到荒地裡！」

吸入器小小喘口氣，這似乎是她表示同意的方式，於是聖誕小豬放開了她。她呼哧呼哧，久久吸了口氣，然後小聲說：「你們兩個很無禮也很惡劣，不過除了錫便當盒的內部之外，還有別的東西可看，也算是好事啦，所以哈囉，歡迎。」

三輛馬車感覺走了至少有一小時，傑克聞膩了雞蛋三明治的氣味時，聽到前方傳來講話的聲音。

「停！」

木頭馬車緩緩停了下來，傑克和聖誕小豬面面相覷，傑克從小豬的黑色塑膠小眼睛可以看出他也很害怕。

「文件！」一個粗嘎的聲音說。

他們聽到翻閱紙張的窸窣聲。

「一張寶可夢卡牌，**寶卡**，主人意識到可能滿有價值的——打勾，」那個殘酷的聲音說，「一只園藝手套，**指指**，主人找不到戴起來一樣舒服的新手套——打勾。一個便當盒，**午午**，主人想起吸入器放在裡面。」

有東西用力敲著便當盒側面，便當盒痛得唉了一聲。

「妳在裡面嗎？吸入器？」那個聲音咆哮。

「是！」吸入器回答。

「**打勾**，」殘酷的聲音說，「好了，你們可以往前走了。不過，你要多留意，小刀。我們現在進入高度警戒。有不該來的東西在下頭這裡，我想你也聽說了？」

「是，大概有個譜了嗎？」小刀說。

「還沒，」殘酷的聲音說，「我還是第一次看到失地魔這麼火大。」

「你見到他啦？」小刀緊張地說。

「噢，是啊，」殘酷的聲音說，「他跟我說，『奇蹟和翻轉敗局之夜不會永遠持續下去。一旦結束，誰找到就歸誰。』」

「什麼意思？」小刀問。

「不曉得，」殘酷的聲音咆哮著，「要注意看有什麼東西表現得很奇怪。」

語畢，木頭拖車繼續往前行。

「他都把我打凹了。」午午向小刀抱怨。

「剛剛那個是槌子，」小刀說，「從來不管出手的時機！」他扯著嗓門跟三個乘客說，「如果可以的話，你們最好找個舒服的姿勢，補個眠。我們還有滿遠的路要走。」

拖車現在開始爬坡。傑克發現自己被逼到了便當盒的後側，於是想辦法在角落裡蜷起身子，裹著他從用後可拋城帶來的毛毯，臉貼著聖誕小豬柔軟的腦袋。完全比不上跟ＤＰ窩在一起的感覺，可是總比靠在冷冰冰的錫牆上好。

第四部

糟糕不見了城

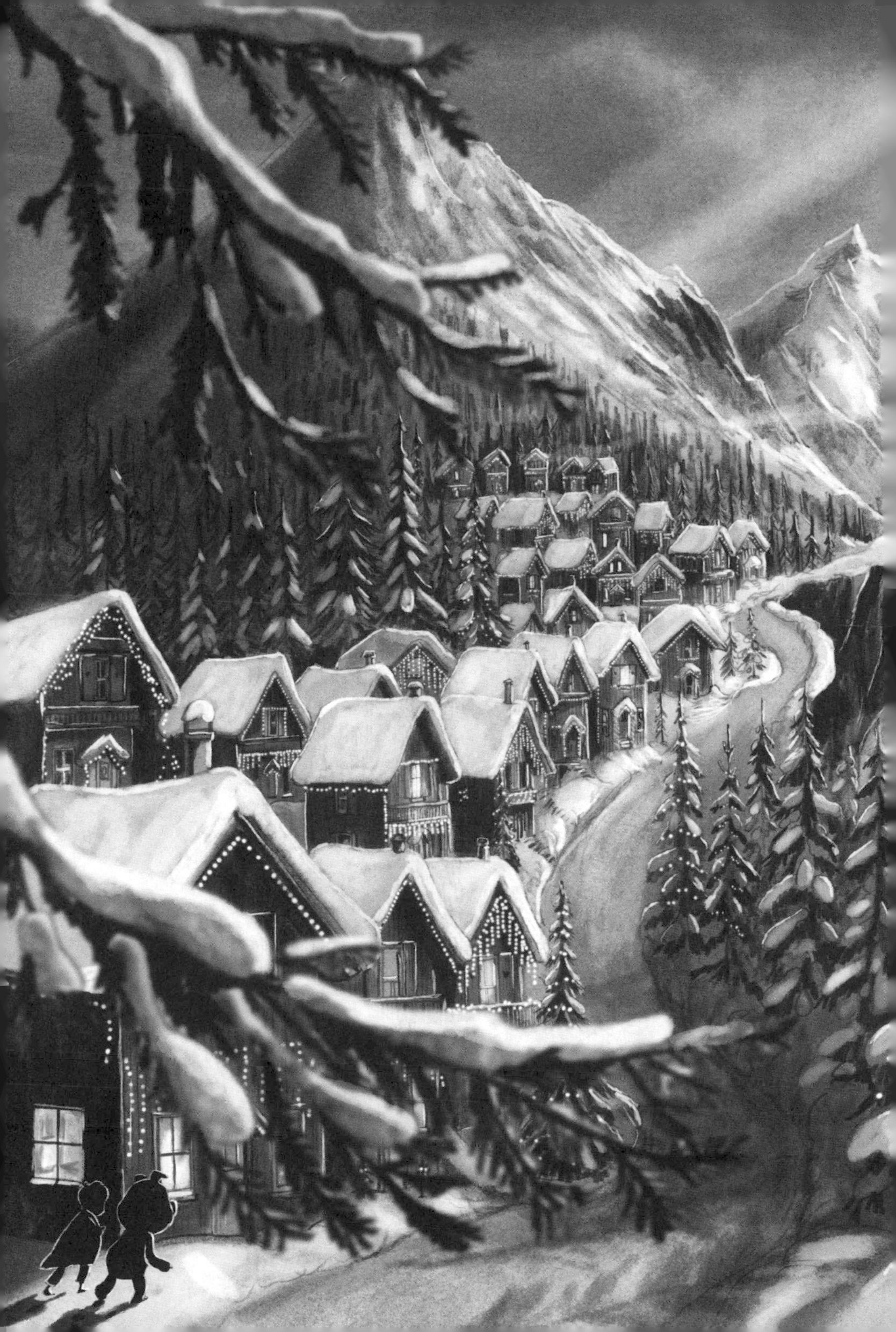

25 糟糕不見了城

傑克猛地醒來。有柔軟的東西正戳著他，片刻之後，他才意識到又是聖誕小豬的腳蹄。拖車依然還在行進當中。一道明亮的光線正從午午蓋子的凹處流洩進來。吸入器還在熟睡中，發出微弱的呼哧聲。

「出去的時候到了！」聖誕小豬在傑克的耳邊低語，「小刀剛剛說我們快到糟糕不見了城！我們要悄悄溜出午午外頭，然後從拖車的後面跳下去。」

「要是被看到呢？」

「唔，那樣的話，我們就必須用最快的速度拚命逃開。準備好了嗎？」

「好。」傑克小聲說，頓時非常害怕。

「午午？」聖誕小豬說，戳著她的側面，「妳醒著嗎？」

「嗯。」她悄聲回答。

「放我們出去，拜託，別忘了：如果妳跟任何人說，妳看到我們，我們就會告訴他們，是妳主動要幫我們的！」

午午的盒蓋喀答打開。聖誕小豬抓緊肚皮，免得豆子的聲響洩漏他們的行蹤，然後從便當盒爬出來，進入燦爛的陽光中。傑克跟了上去，留下沉睡中的吸入器。

幸運的是，木頭拖車排在整個車隊的最後，而負責駕駛的小刀背對著傑克和聖誕小豬，沒人看到他們從錫盒裡冒出來。

「我知道妳並不想幫忙，但還是謝謝妳，午午！」聖誕小豬低語，溫柔地拍拍她的蓋子。

「你們之前很無禮，」便當盒低聲回應，「可是我希望失地魔不會逮到你們。祝你們好運！」

傑克和聖誕小豬動作緩慢又小心，爬過了木頭拖車的後側，任自己落在柔軟的雪地上，然後匆匆閃進車道旁邊的冷杉樹叢裡。

傑克東張西望，看出拖車載他們到了山頂，從這裡可以俯瞰無人悼念失物的廣闊荒地。放眼已經看不到用後可拋城，傑克也看不到荒地上有任何東西在動。他想失地魔已經吃掉最新抵達的那些東西，除非那些可憐東西躲在一簇簇的薊草裡。

他轉身去看那三輛交通工具，看到它們消失在城鎮裡，那座城鎮坐落在山頂上。有個散放光澤的彩繪告示，距離傑克和聖誕小豬藏身的地方不遠，在陽光中閃閃發亮。上頭寫著這些字眼：歡迎來到糟糕不見了城。

「我們先等他們離開視線範圍，」聖誕小豬說，「再悄悄溜進鎮上，想辦法找到可能認識ＤＰ的玩具……」

等車隊消失之後，他們沿著車道匆匆趕路，進入了糟糕不見了城。

這座城鎮跟用後可拋城截然不同。一切乾乾淨淨，經過妥善維護。蓋著雪的房子看起來都很舒適，整齊又美觀，好似用薑餅做成的，前門漆著不同的色彩。道路打理得很整潔，彩色聖誕燈在更多的冷杉裡閃閃爍爍。

儘管穿著睡衣冷得瑟瑟發抖，傑克覺得自己精神大振。他可以想像ＤＰ住在其中一棟小房子裡。這裡看起來絕對像是被愛的東西會被送去的地方。

「我們試試這邊。」聖誕小豬說，指著一條岔路。

這真的是傑克見過最美麗的小鎮了。透過那些積雪的窗戶，可以瞥見屋裡火勢熾烈的壁爐、報時的咕咕鐘、厚實的地氈以及舒適的扶手椅。他們路過的東西——一條學校制服領帶、幾本習作、一支鋼筆、一顆舊鈕釦——神情看來都比用後可抛城的那些東西愉快。傑克確定，這些東西在生者之地一定相當受到重視，所以才會被送到這樣美好舒適的住處，可是沒有任何玩具的蹤影。

最後，他終於看到一顆黑色棋子，正跟老式的大本通訊錄站著聊天，通訊錄的封面裝飾著玫瑰花。

「我們來問那顆棋子，看他見過ＤＰ沒！」傑克對聖誕小豬說。

「呣，」聖誕小豬說，「我不確定耶。棋子其實不算玩具。」

「他是我們碰過最接近玩具的東西。」傑克說。

「唔，好吧，」聖誕小豬說，「可是不要──」

「──提到有專屬的卡通，我知道，我知道！」傑克說。

於是他們走近門口，等著棋子和通訊錄把話講完。

「……再五分鐘，騎士先生，可以吧？」通訊錄正在說，嗓門大到傳遍整條街道，「淘氣的騎士先生，我不會讓你再錯過一次！到時我們會從主廣場出發。我不接受拒絕！導覽最後會在市政廳劃上句點，市長非常大方，同意帶我們逛逛！五分鐘，騎士先生，千萬別忘記，不然我會很難過的！」

通訊錄快活地哈哈笑，抛下棋子，匆匆忙忙離去。她一消失蹤影，棋子便開始往另一個方向跳，速度快到傑克和聖誕小豬得用跑的才追得上。

「打攪一下。」傑克說。

「什麼事？」棋子喘著氣說，停住動作。他頂端的形狀像是個馬頭。

「你有沒有看到一隻玩具小豬？」傑克問，「大小跟這隻豬差不多，可是顏色灰灰的，耳朵歪歪軟軟，眼睛是鈕釦。」

「沒有，沒看過那樣的小豬。在糟糕不見了城這邊，玩具不多，」棋子說，「好了，不好意思，我得先走一步，我可不想被迫參加錄錄的導覽。」

語畢，他發出輕聲嘶鳴，再次跳開，消失在屋頂覆雪的小木屋裡，隨手使勁甩上門。

26 通訊錄錄錄

當傑克聽到糟糕不見了城這裡的玩具不多時，失望透頂。那麼，DP可能被送到哪去了？可是他和聖誕小豬還來不及討論，宏亮的哨聲響起，嚇得他們跳起來。傑克很擔心哨聲是某種警告，要通知糟糕不見了城的市民，有東西在不該在的地方。不過，哨聲之後傳來了蒸氣火車逐漸駛近的聲音。

「有意思，」聖誕小豬說，皺起口鼻，「那列火車是從哪來的啊？我們去瞧瞧。」

傑克和聖誕小豬朝著噪音的方向急忙趕去，及時看到列車抵達城鎮中央的一個小站。那列火車是皇家藍和金色，哐噹哐噹停下來的時候，又噴出一蓬蒸氣。車門打開，好幾個東西踉蹌走出來，包括一只黃金腕錶、一個銀製杯子、一枚拖著破舊緞帶的銅製獎牌。

「看，又是她，」聖誕小豬說，用腳蹄指著，「是那本通訊錄。」

當然了，她站在那裡，封面印著玫瑰圖案，手寫的紙張忙著揮開火車的蒸氣。

就像之前，她扯著嗓門說：「能見到你們大家真是太好了！你們運氣真好！來得正是時候，可以參加錄錄出名的步行導覽！透過這種方式來認識糟糕不見了城，多麼美妙！跟我來，麻煩跟我來！」

傑克可以看出，那些新來的東西以為自己非得服從錄錄不可，雖然她並未戴著失物調節員的帽子，他們還是跟在她後面齊步走。

「我想我們應該跟上去，」聖誕小豬說，「想辦法查出那列火車打哪裡來的——不過，我們要小心。那本通訊錄有點什麼，讓我覺得不大對勁。」

於是他們尾隨錄錄和剛下火車的東西，走到一個小廣場，那裡還有一批東西正在等導覽開場。傑克看到那張寶可夢卡、指指、午午就在那些東西之間，他們看見自己未來要住的小城這麼漂亮，現在一臉開朗。

「我來自我介紹一下！」錄錄嚷嚷，快步走到群眾前方，「我的全名是通訊錄，不過，你們一定要叫我錄錄！身為糟糕不見了城的資深居民，也是親愛市長的親密友人，我喜歡帶領這些小小的導覽活動，讓大家覺得賓至如歸！請跟我來，如果有任何問題，儘管開口提問！」

錄錄沿著一條不同的街道快步走，大家都跟了上去。傑克和聖誕小豬發現，走在旁邊的，是他們剛剛看到下了火車的金錶。

「剛剛才到嗎？」手錶扭著往前並問。

「對。」聖誕小豬說。

「在火車上沒看到你們。」

「嗯，」聖誕小豬，「我們是從用後可拋城調節過來的。」

「啊，」手錶說，「難怪。」

傑克注意到，金錶背後刻著字：給鮑伯，來自貝蒂的愛。

「你在看我身上刻的字嗎？」手錶問傑克。

「呣——對。」傑克說，希望看著東西身上的刻字不算失禮。

「唉，」手錶嘆氣，「唔，貝蒂和鮑伯已經不愛對方了，至少我很確定。當他們告訴我，我被調節了，我想說，『他們一定分手了』。我是純金的，第一次把我弄丟時，鮑伯很難過。可是上頭的局勢已經變了。鮑伯顯然不像起初那樣想念我，要不然他們也不會叫我搬離——」

「後面那邊不要說話！」錄錄嚷嚷，「要不然沒辦法徹底享受導覽的好處！好了，我們剛剛經過一棟相當不錯的小木屋，是城裡最棒的之一——恰好就是我的住所！」她說完連笑了好幾聲，「左邊這裡，是迷人的鍍銀書籤的寓所。有個教養良好、學識豐富的鄰居，多麼重要啊！以前住這裡的，是個又髒又舊的學校課程表！」她補充，打了個哆嗦，「那時，東西初來乍到就看到他，心中留下了多麼可怕的印象！

「好了，你們當中直接從錯置過來這邊的，」錄錄說下去，帶他們繞過轉角，「我應該解釋一下，失物之地總共有兩個城鎮：用後可拋城，以及糟糕不見了城！」

聽到這番話，錶面上的指針湊在一起，給金錶一種困惑的神情。

「不，女士，」金錶從人群後方向錄錄呼喚，「我想妳的訊息恐怕有誤。我、獎章和杯子被送到這裡以前，原本是在——」

「失物之地只有兩個城鎮！」錄錄喊道，忽地停住腳步，轉過來面對群眾。大家驟然停步，有些東西撞成一團，銀杯撲倒在地，由一雙毛茸茸的連指手套扶起來。

「兩個城鎮！」錄錄重複，怒瞪著大家，「一個是給好東西，另一個給壞東西！用後可拋城專門收容一無是處的物品，那些容易取代的東西，在生者之地被弄丟，幾乎不會有人注意！可是，糟糕不見了城專給特別的東西。糟糕不見了城裡的東西只要不見了，就會替我們的人類招來很大的麻煩。我們很受重視，我們相當重要。比方說，我呢，」錄錄繼續說，「在上頭那裡，整整五十年屬於一位女士！她將家人和朋友的姓名、地址和電話寫在我裡面。她向來只把這些重要的資訊存放在我這裡！」

錄錄翻動她的紙張，大家都看到了那位老婦人密密麻麻、細細瘦瘦的筆跡。

「想像一下，她弄丟我會有多麻煩！」

錄錄並沒有一臉傷心，反倒爆出失控的笑聲。

「DP絕對不在這種地方，」傑克對聖誕小豬低語，「這裡的東西讓主人傷心，竟然還覺得高興！」

有個低沉的聲音突然在傑克的耳邊響起，嚇得他跳起來。

「親愛的小伙子，有件事我得要懇求你：

千萬別把我們跟可怕的錄錄混為一談。」

傑克東張西望。一張髒兮兮的紙，頂端塗鴉了眼睛和嘴巴，加入了導覽隊伍。

隊伍再次出發，傑克問那張紙：「你是誰？」

「我叫詩詞，看到快筆寫成的一行行字了嗎？」

她將自己稍微攤開來，讓他們看看橫寫在身上的潦草字跡。「我是詩詞，講話愛押韻。」

「噢，」傑克說，「妳也才剛到嗎？」

「不，我來這裡可久嘍，但我想來參加
今日的導覽。我這麼一加入
就得付出代價，因爲是這樣的，
老錄錄最討厭的，非我莫屬。」

「她為什麼討厭你？」傑克問。

「她卑鄙又陰險，
我不怕實話實說，
他們不許我自由行動。」

就在那一刻，錄錄剛剛在一棟有小鐘塔和拋光雙門的建築外面停步，轉身再次對群眾說話，立刻看到詩詞潛伏在後面。

「詩詞！」錄錄喊道，「馬上離開，親愛的。市長明明跟妳說過，妳不能再參加我的徒步導覽！」

「噢，抱歉打攪，我記不牢！」詩詞說，對傑克咧嘴笑著。

「再見，親愛的，誠實的錄錄！您眞好心！」

詩詞緩緩走開。錄錄的花朵圖案臉再次掛上燦爛的笑容，然後說，「給新來者一點小提示：你們應該躲開詩詞——她很瘋狂，瘋得很。她跟一個更瘋狂的東西住在一起！我一直試著要把他們兩個調節到用後可拋城，可是到目前為止毫無進展。好了，我要去敲市政廳的大門了，如果我們運氣好，親愛的市長會帶我們——」

可是錄錄還來不及敲門，有個正方形的起司刨絲器從雙門衝了出來，差點將錄錄撞倒在地。他戴著時髦的黑色市長三角帽，後面跟著形形色色的失物調節員，看起來跟平常那種稍有不同。全都戴著只露出雙眼的巴拉克拉瓦頭套，額頭上照常有個「L」的徽章。雖然他們的臉大多遮著，但還是很容易就能看出他們是哪種東西。一個是一把放大鏡，另一個是一張網子，第三個則是巨大的釘靴。

「噢，不，」聖誕小豬低語，「是逮捕隊！」

「有麻煩了！」市長邊吼邊揮著一張紙，「謠言千真萬確！下頭有東西不該在這裡！我剛收到一份描述：一隻絨毛小豬和穿睡衣的動作公仔！」

27 起司刨絲器市長

市長幾乎還沒講完「睡衣」兩個字，聖誕小豬連忙揪住傑克的手臂，將他拉進旁邊的巷道裡。因為無處可躲，聖誕小豬只好一把抓起閃亮的銀色垃圾桶蓋，上頭印著市長的盾徽，他和傑克跳進桶子裡，然後將蓋子合上。傑克非常害怕，片刻之後才注意到這個空空的垃圾桶有多乾淨：在**糟糕不見了城**這裡，顯然連垃圾桶內部都會定期擦得亮晶晶。

「安靜，安靜！」他們聽到市長大喊，群眾因為市長的宣告而開始高聲交談。當大家再次安靜下來，市長說：「好了，聽著！那隻小豬和動作公仔違法亂紀。有東西違法的時候，**失地魔**就有理由也打破法律！十年前的今天，**失地魔**闖進**糟糕不見了城**，踢垮房子的前側、拆掉屋頂，但我不會讓舊事重演，有我盯著就不會！」

「為——為什麼他上次會來這邊？」一個驚恐的聲音說。傑克認出是**午午**的聲音。

「因為上一任市長違法啊！」起司刨絲器大叫，「她叫鋸齒剪刀市長！她因為同情多餘物，放任幾個從荒地溜進來，躲在我們的閣樓裡！失地魔聽到風聲，知道她有什麼打算，就衝進這座城裡，把房子都砸壞！他把所有的多餘物撈起來，全部吃掉，另外吞掉幾個沒做錯事的東西，最後抓起鋸齒剪刀市長，把她帶回他的巢穴去。她一路放聲尖叫，後來再也沒人看到她！我就在那時接掌市長職位，」起司刨絲器吼道，「從那個時候起，大家一直奉公守法！每星期一次，我和失物調節員都會徹底搜查這座城鎮，確定這裡沒有不該在的東西！好了，大家直接回家去，不准逗留！錄錄會告訴新來的東西，他們的房子在哪裡——你們都必須待在室內，直到我解除警戒為止！」

傑克和聖誕小豬一直擠在垃圾桶裡，卡得動彈不得，聽著群眾逐漸散去。

「要是那隻金錶告訴他們，說看到我們了，怎麼辦？」傑克低語，「或者是詩詞？或是午午？」

「那我們麻煩可大了，」聖誕小豬低聲回答，「可是他們看起來都是好心的東西，希望他們不會說出去。」

幾分鐘過後，東西們分頭回家的沉重腳步聲漸漸遠去。現在只剩市長和逮捕隊的說話聲。

「他們總不會傻到直接到城中心來吧，」市長自信十足說，「我建議我們分頭搜索，從外圍往內尋找。」

逮捕隊表示同意。傑克和小豬聽到逮捕隊越走越遠，呼喚著其他失物調節員，要他們過來幫忙搜尋。最大的噪音來自那隻釘靴，他每踩一步就發出威嚇的金屬鏗鏘響。

「那隻靴子叫**碾壓狂**，」聖誕小豬在傑克耳邊低語，「是你的一隻襪子告訴我的。他是**失地魔**最賞識的部下。**碾壓狂**只要逮到東西，就可以使勁踩踏他們。之後，即使他們後來被找到，也會損毀到不能再使用。」

傑克有點希望，聖誕小豬沒跟他講這件事。

「**錄錄**出聲阻止以前，手錶正要說的事，你聽到了嗎？」聖誕小豬說下去。

「有，」傑克說，「他是從第三個城鎮來的。」

「那樣還滿有道理的，」聖誕小豬說，「因為——」

「**錯置那裡總共有三道門！**」

「沒錯。」聖誕小豬說。

「所以DP一定在最後一個城鎮！」傑克說。

「對，肯定是，」聖誕小豬說，「你知道嗎？我覺得我們最好想辦法偷溜到火車上躲起來，讓火車載我們到另一個城鎮。可是要等天黑再行動。要是現在就出去，就插翅難飛，走不了了。」

於是他們等到夜幕低垂。

等他們覺得天夠黑了以後，才試著離開垃圾桶。但不知怎的，他們卻卡在了一起。經過一番掙扎之後，傑克好不容易才爬出桶外，還得使勁拉扯聖誕小豬的腳蹄，好讓小豬脫離桶子。結果用力過頭，雙雙撲倒在雪堆上，小豬壓在傑克身上。

「謝謝你，」聖誕小豬喘著氣，「剛剛很抱歉，我肚子裡的豆豆沉澱了。」

「不要緊。」傑克說，現在身子再次又冷又溼。他站起來把身子拍乾淨。他們悄悄朝車站的方向走，沿途刻意躲在陰影裡。

他們沒走多遠，市長的聲音忽然從每個角落的擴音器大聲響起。「所有的東西，注意了！所有的東西，注意了！我們相信**多餘物**小豬和動作公仔已經藉著夜色的掩護，潛入了本城中心！拴好你們自家的大門！拉上你們的窗戶遮板！只要協助**多餘物**，一律都會被交給**失地魔**！」

不管傑克和聖誕豬往哪個方向看，原本從掛著布簾的窗戶流洩出來、宛如珍珠的亮光都被掩去，他們聽到幾百個門栓都喀啦拉上。起司刨絲器市長再警告一次，**糟糕不見了城**整個變得悄無聲息。生活在這裡的東西似乎突然怕到，連在家裡也不敢開口說話。

他們悄悄靠近車站，傑克在冰冷空氣裡呼出了一朵霧氣。他打著哆嗦，這才明白自己把毛毯留在市長的垃圾桶裡，可是他現在一心只想離開**糟糕不見了城**，這裡感覺起來再也不是個友善舒適的地方。

車站映入眼簾，就在馬路對面，這時他們聽到前方響起粗嘎的聲音。聖誕小豬把傑克拉進幽暗的門洞，傑克屏住呼吸，免得嘴裡的霧氣洩漏他們的行蹤。

「你們四個——跟著小望遠鏡到西區去。你們幾個——跟網子一起到東區搜索。其他的，跟我來。」

傑克聽到失物調節員分頭往不同方向走。再一次，發出最大噪音的，就是叫碾壓狂的那隻釘靴，重重踩出來的腳步聲。

最後，等那些聲音再次消逝，傑克和聖誕小豬悄悄從藏身的地方走出來，朝車站趕去。

可是傑克的希望破滅了：玩具火車已經離開。

「糟糕──現在怎麼辦？」傑克低聲說，冷得牙齒打顫。

「現在，」他們背後響起低沉的恐嚇聲音，「就是碾壓的時刻。」

28 碾壓狂

傑克和聖誕小豬猛地轉身，傑克馬上明白，釘靴碾壓狂聲東擊西，騙了他們：原來他在原地踏步，讓他們誤以為他已經離開。靴子朝他們越跳越近，很快就近到傑克可以看到兩個鞋帶孔變成了兩隻殘酷的小眼睛。鞋底的釘子在月光中發出寒光，傑克突然想到媽媽。如果他被碾壓狂用力踩壞，就再也見不到媽媽了。他不由自主伸出手，抓住聖誕小豬的腳蹄。

「等等！」聖誕小豬向碾壓狂哀求，也抓住傑克的手。

「等什麼？」靴子嘲諷地說，跳得更近了。

「等……等一下要發生的事！」聖誕小豬說。

「什麼事？」碾壓狂低吼。

「那件事，」聖誕小豬說，「會改變一切！你不會想錯過的！等等——等等就對了——」

接著，令傑克十分驚奇的是，上方的陰暗天空頓時射下一道金光，碾壓狂正站在光束之中。靴子僵住不動，接著企圖閃避那道光，但只是白費功夫：光束開始將他往上拖向生者之地。

「你是怎麼辦到的？」傑克驚愕地對聖誕小豬說。

「不是我啦！」小豬說，驚訝的表情呼應了傑克心中的感受，「不過，有時候，等待就是有用！」

「碾壓狂被找到了！」他們聽到一個失物調節員在隔壁那條街上嚷嚷。

「他們在這裡！」那隻靴子吶喊，氣憤不已，掙扎著想逃脫，光束將他越帶越高，跨過了積雪的屋頂。「他們在這邊啊，就在——」

但是他的聲音被其他失物調節員蓋過，他們正紛紛高聲恭賀老朋友。

「真有你的，碾壓狂！」

「我們會想念你的，老朋友！」

「玩得愉快，老兄！」

「別再依依不捨了！」市長用刺耳的聲音喊道，「繼續搜索——我們有多餘物要抓！」

傑克和聖誕小豬才開始沿著最近那條街道狂奔，左邊便出現了一道陰暗的光線。有扇門忽地打開，有個急切的聲音說：「快！進來吧——你們之後會感謝我的！我們可以把你們藏起來——」

29 詩詞和假面

傑克和聖誕小豬沒停下來思考聽話照辦是否明智，就一頭衝進那扇敞開的門。門在他們背後掩上。

「——不讓那個恐怖的刨絲器找到！」詩詞說完。

房子的玄關照明昏暗，幾乎看不見詩詞身上的草寫字跡。

「妳不會把我們交給失地魔吧？」傑克低聲說。

「你把我當成什麼樣的叛徒？

你們需要幫忙，我才打開家門！」

「抱歉，」傑克說，「我不是故意要——」

「我們很感激。」聖誕小豬安撫詩詞。

詩詞漾起笑容。

「沒事，親愛的，會起疑在所難免！

現在來客廳裡面——」

他們跟著詩詞走進小小的起居室。

「——來見見假面。」

火爐邊的座位上，有個傑克在失物之地所見過最奇特的東西。事實上，他分辨不出那是東西、是人或是鬼魂。它的形狀和模樣像個少年（雖然縮成了傑克和聖誕小豬的大小），你的視線可以穿透他。他的脖子上掛著金牌獎章，臉頰上有個親吻留下的唇印；打扮得像是搖滾明星，穿著黑色皮夾克和尖頭靴。那個奇怪東西看到傑克和聖誕小豬的時候，跳起來說：「嗨！我以前那所學校的朋友都叫我『造反者』。我有個女朋友住在別的城鎮。她很漂亮。我們常常接吻。這些是我參加空手道比賽贏來的獎牌。我現在徒手就可以幹掉——」

「現在不是時候，假面！省省你的謊言！」詩詞嚴厲地說。

「失地魔的密探正在追捕他們！」

假面拉長了臉。「妳還好意思說別人說謊！妳自己完全就是編造出來的！」

「偉大的詩詞訴説眞相——但你的謊言根本不是藝術！」詩詞以莊嚴的語

氣說。她轉向傑克和聖誕小豬，然後補充：

「他忍不住要說謊，但心地很善良！」

假面一臉惱怒，踢著地氈的邊緣。

「只要我想要，徒手就能殺掉人，」他悶悶不樂地咕噥著，「我可以的。」

「請到火爐邊坐坐，將身子烘暖烘乾。」詩詞告訴傑克和聖誕小豬，不理會同住的朋友。

「我跟假面都願意幫忙。」

「你們真好。」聖誕小豬說。

「對啊，」傑克說，「謝謝你們。」

他在最靠近火爐的那張扶手椅坐下，往火焰伸出凍僵的手腳。詩詞是紙張做的，所以離火爐遠遠的，但是假面在椅子上往後一攤並說：「詩詞跟我說，她在錄錄的徒步導覽上遇到你們兩個。我恨死那本通訊錄了。比起我，她才是說謊大王！」

「假面，你從沒說過更眞實的話。」詩詞贊同地說。

「聽錄錄說話，你會以爲她只聽過用後可拋城和糟糕不見了城。她那樣滔滔說個沒完，眞令人難堪！」

「所以除了用後可拋城、糟糕不見了城之外，還有另一座城鎭嘍？」傑克問。

「當然！就在那扇金門後面！

錄錄心知肚明，這點你可以確定。

但錄錄喜歡自封爲女王——

認定自己是當今最重要的東西！

所以她自我催眠，說那個地方不可能存在，

那個美妙無比的地方，就叫想念之城。」

傑克和聖誕小豬交換興奮的眼神。

「想念之城嗎？妳說？」聖誕小豬說。

「沒錯，那個地方我和假面都很熟，

那裡曾是我們的家——我快哭出來了。」

一滴淚水從詩詞的眼睛滲出來，在紙面上留下一道墨跡。

「你們為什麼不在那邊了？」傑克問。

詩詞朝火爐移得更近些，撫平自己，讓他們看看自己身上有不少劃掉和更正的地方。

「你們可以看到，我只是一份初稿。
是我詩人技藝的不完美嘗試！
她弄丟我的時候，噢，多悲傷多憤怒！
『我非找回來不可！』她暴怒，『那張珍貴的紙！』
她信誓旦旦說，失去我，她再也無法寫作！
所以他們送我穿過那扇金門
讓我搭上皇家藍的火車
善待我，因爲他們清楚
有人多麼想念我——但事情不久便有了變化。
我的詩人再接再厲，她重新調整
我的用語、我的韻腳、我的格律——最後
她知道她寫出了比我更好的詩詞一首。

失物調節員現身，將我帶到這裡
我永遠留駐之地，因爲我現在
恐怕已經成了奇珍異品，
我的詩人不再哭喊著要我回去。」

詩詞揩掉墨黑的淚水。假面嘆口氣並說：「我和詩詞在想念之城認識以來就成了朋友。我的主人是個青少年。他不得不轉到新學校，跟老朋友相隔好幾英里。他覺得寂寞，也很怕凱爾．梅森那個惡霸，所以他創造了我。他假裝自己會空手道，謊稱有女朋友，騙人說他在舊學校有個很酷的綽號……可是其他人很快就看穿我了。他不想拋掉我：可是他不得不。起初，失去我讓他覺得迷失。他很想念我，所以在錯置那裡，他們要我走進那道金色的門，就像詩詞。

「可是隨著時間過去，我的主人越來越不想念我。他慢慢明白，實話實說，讓大家喜歡他原本的樣子，這樣更好。就在那時，我被調節，然後送到糟糕不見了城。總有一天，我敢說，他會因為曾經有過我而覺得丟臉，到時我就會被掃到荒——」

「什麼聲音？」聖誕小豬說，假面安靜下來。幾間小屋之外傳來喊叫和砰砰敲門聲。

「糟糕，」假面說，「他們在搜索這條街。」

30 隧道

「我們必須到想念之城去！」傑克說，「因為——」

「為了安全起見，別跟我們說原因，」詩詞說：

「我們知道得越少，能透露的就越少。」

「火車很快就會回來嗎？」聖誕小豬說。

「還要好幾個鐘頭，」假面說，「你們最好徒步穿越無人悼念失物荒原，可是危機四伏。失地魔的巢穴就在荒地中央，他會在夜裡獵捕多餘物。當然了，」他補充說，精神一振，「如果有我同行，我可以用空手道劈死他——」

「現在別這樣，假面，他們時間所剩不多。」詩詞說，然後再次轉身面向傑克和聖誕小豬，並說：

「你們唯一的希望，是我的一個秘密朋友，

雖然有些人可能會說她瘋了，但她忠誠又勇敢，她協助拯救過的東西很多。

既然此刻我們安安穩穩在屋裡，

我承認我們藏匿過的多餘物不只有你們。

有時，我們會收容荒地來的東西，

他們慌慌張張逃難，需要喘口氣！

我們有時也會幫忙東西逃離，

要求被追捕的東西待在糟糕不見了城也太瘋狂，

尤其有我們這種恐怖的市長，

他用恐懼來統治，不在乎公不公平，

所以我勸你們相信我朋友，

她這個東西絕對信得過。」

「可是妳剛剛說妳朋友『瘋了』——」傑克擔心地說。

「是有點瘋沒錯——但是你們需要嚮導。

沒有她，你們毫無機會逃離，很多東西都試過。」

「那麼，拜託了，」聖誕小豬說，失物調節員的聲音越來越近，也越來越大，「介紹我們給妳朋友！」

詩詞向傑克和聖誕小豬打手勢，要他們跟著來。

假面也跳起來，尾隨他們走進詩詞的臥房。「我可以跟你們一起走——我可以請我女友幫忙！」

「只要移開那塊地氈，掀開密門，」詩詞嚴厲地告訴假面：

「你隨手關上，等我們一走，

你很清楚步驟：

當門鈴響起，做你最愛的事！

就是假裝你從沒見過這些被追捕的物事！」

假面打開地氈底下的密門。詩詞往洞口一躍而下——她輕飄飄的，不會真的受傷——傑克和聖誕小豬則沿著洞裡的扶梯往下爬。

「祝好運！」假面對他們呼喚，「我真的有個女朋友，比凱爾．梅森漂亮很多！」

密門砰的一聲關了起來，傑克、聖誕小豬和詩詞沿著狹窄的隧道動身出發，隧道陡斜地往下延伸，通往他們不久之前搭著木頭拖車爬行過的山脈底部。

「詩詞？這條隧道是誰鑿的？」聖誕小豬問。

「一根扎實的銀湯匙，或者說大家都這麼說，」

詩詞說：

「是久遠以前的事，早於我的年代。

他覺得這座小小城鎮配不上他，

於是到了夜裡，便直直往下挖啊挖。

朋友們好言相勸，那個傻瓜一概不理，

他唯一的目標就是想念之城。

他從沒弄明白，在失物王國裡，

重點不在於你當初的買價，

而在於你是否觸動過某個人類的心弦，

還有當你們不得不分離，他們有多受傷。」

「那根銀湯匙後來到了想念之城了嗎？」

傑克滿懷希望說。

「他淪落到無人悼念失物荒原，
不久，銀湯匙爲了自己的愚蠢計畫而後悔，
失地魔在那片平原上掃蕩捕獵，
那根銀湯匙再也沒人看見。」

一行人繼續默默沿著陡峭傾斜的隧道往下，走了許久，最後抵達嵌在岩石裡的一扇門前，旁邊掛了一條粗粗的繩子。

「現在搖響門鈴，老羅盤轉眼就出現。
她總是會留意我的召喚，這點恆久不變。」

聖誕小豬拉了拉繩子，門的另一側傳來清脆的鈴聲。幾分鐘過後，他們聽到狀似金屬輪子滾過岩石的聲響。聖誕小豬將門開了個縫，傑克聽到熱誠的聲音說：

「有更多在逃的東西，是吧，詩詞？」

「煩請幫他們穿越荒地，我親愛的老友。
沒妳幫忙，他們可能會落得恐怖下場。」

「我當然願意幫忙，當然願意！」

那個歡喜的聲音說：

「妳也知道我有多愛冒險！

你們想去想念之城是吧？

我猜？大多東西都想去那裡。

唔，那是個好地方，不是嗎？」

「是，我們想到那裡去。」聖誕小豬說。

「唔，我可以帶你們到城門那裡，」那個聲音說，「可是沒辦法把你們弄進城裡。這樣可以嗎？」

「可以，太好了。」傑克說。

他和聖誕小豬離開幽暗的隧道，踏上了無人悼念失物荒原，就在山腳下。雪下得比之前都密。

傑克轉回去面向詩詞。

「謝謝妳，詩詞。」

詩詞往下傾身，在傑克耳邊小聲說了最後一句話。

「失地魔痛恨聖誕夜的魔力

他發誓一等午夜鐘聲響起，
你們將永遠無法離去。」
「什麼？」傑克震驚地說。
但詩詞已經關上了門。

第五部

無人悼念失物荒原

31 羅盤

羅盤靠著銅製的邊框保持平衡，高度只有傑克和聖誕小豬的一半。她的鏡面破裂，指針不是朝北，而是有點歪斜地垂掛著。

詩詞剛剛在耳邊說的悄悄話，讓傑克非常擔心，結果他沒向羅盤打招呼，而是轉向聖誕小豬並說，「詩詞說，一等上頭到了午夜，我就永遠離不開失物之地！」

「對啊，那個傳聞我也聽說了，」羅盤在聖誕小豬還來不及回答以前說，「失地魔認為，如果他能阻止你們兩個在午夜以前被人類找到，就可以永遠把你們扣留在身邊。我不知道為什麼，因為事情通常不是這樣運作的。遺失就是遺失，尋獲就是尋獲，不管發生在什麼時候。」

可是，傑克有種可怕的感覺，那就是他知道失地魔為什麼這麼相信，從聖誕小豬臉上的表情可以看出來，小豬也明白。如果一年當中只有聖誕夜這一晚，活人男孩可以進入失物之地，是不是也只有這一晚，男孩可以返回生者之地？可是傑克只要把這個想法說出口，羅盤就會知道他是人類，於是他只好三緘其口。

「你們叫什麼名字？」羅盤問，輪流看著他們兩個。

「我叫聖誕小豬，」聖誕小豬說，「這位是睡衣男孩，他是個動作公仔。」

「擁有睡眠和做夢的力量。」傑克說。

「嗯，」羅盤哼了哼並說，「欸，今天晚上你們沒什麼時間睡覺跟做夢了。睡覺等於自找麻煩。咱們趕緊出發吧！」

她不再多說，刻不容緩滾動起來，動作快到傑克和聖誕小豬得用跑的才追得上。他們在積了雪的荒地碎石上走走滑滑，傑克的赤腳很快就因為在尖銳凍冷的石頭上奔跑而痠疼。

「好了，我必須先警告你們，荒地上有些非常奇怪的東西，」羅盤回頭向他們喊道，「有些就跟失地魔一樣惡劣！」

「真的嗎？」傑克緊張地說。

「噢，對啊。是這樣的，沒人在乎那些東西是不是不見了——事實上，有些還是被故意弄丟的，我也不能怪他們的主人。有些東西就是不值得留下來！」

她突然停住，緊鎖眉頭，轉身看著他們。

「是誰一直發出沙沙聲？」

「噢，是我，」聖誕小豬說，照舊一直緊抓肚皮，拚命不讓豆子到處彈跳，「我肚子裡有豆子。」

「唔，盡量別讓它們發出聲音，可以嗎？」

「我努力。」聖誕小豬說，加重抓住肚皮的力道。

一行人再次跑起來。羅盤的金屬邊緣滾過碎石散落的地面時，一路發出不少噪音，傑克心想，她為了肚子裡的豆豆指責聖誕小豬，有點不公平。羅盤彷彿讀懂了傑克的心思，回頭朝他們喊道：「我是鋼做成的，真不理想，因為失地魔的聽力非常敏銳，可是老實說，我還滿享受他現身的那種刺激感！不過，別擔心啦，」看到傑克驚恐地瞥了瞥聖誕小豬，她補充說，「跟我一起行動的東西，從來沒被吃掉過！我最愛把失地魔耍得團團轉，讓他追捕不到，空手而返。他恨死我了，知道吧。」

「妳是怎麼被弄丟的，羅盤？」聖誕小豬氣喘吁吁。

「一個背包客弄掉的，」羅盤爽朗地說，「其實呢，那是他第二次把我搞丟了。頭一次，他摔裂我的鏡面，將我的指針震離軸心，從那之後，我就不大靈光。所以當他又把我弄丟在叢林裡，他根本懶得找我。現在，我正在一棵香蕉樹腳下生鏽，我懷疑自己永遠也不會被找到。誰想要故障的羅盤啊？」

「可是妳真的知道想念之城怎麼去吧？」傑克上氣不接下氣，因為跑太快，側腹痛起來。

「噢知道的，別擔心，」羅盤輕快地說，「雖然我們可能會繞點路，這樣更有趣味。總之，從我抵達荒地以來，就摸索出引導東西的新方法。你們猜得到是什麼嗎？」

「不知道。」聖誕小豬說，他以底下兩隻腳蹄所能擺動的最快速度，往前趕著路。

「我會編帶有寓意的故事，也會發明座右銘。想要聽聽我其中一個座右銘嗎？」

「好，麻煩妳。」傑克喘著氣說，因為他看得出羅盤希望他怎麼回答。

「北北西雖然非常好，但只有智者會側著走。」羅盤得意地說。

傑克完全不懂這句話的意思，所以他很高興聽到聖誕小豬回說：「確實如此。」

「是吧？」羅盤說，語氣聽起來很滿意，「如果你們想要，我可以講個有寓意的故事給你們聽。」

「噢，好的，請說。」聖誕小豬喘著氣說。

「以前有三個羅盤，」羅盤說，「一個大的，一個中的，一個小小的。大的那個負責帶路登山，中的那個引導一艘船越過大海，可是小小的那個被掉在小菜圃裡。這則故事的寓意就是，『永遠不要跟蘿蔔當朋友。』」

傑克和聖誕小豬都發出興味盎然和佩服的聲音，這個反應似乎很討羅盤歡心。他們繼續奔跑，越過覆雪的岩塊和鬆脫的石子，傑克的側腹比之前更痛了。

他們在冷颼颼的黑暗中奮力向前，感覺過了好幾個鐘頭的時間。傑克和聖誕小豬常常輪流絆倒，不管誰摔倒，另一個就扶對方起身。他們在便當盒裡睡著的時光，彷彿是好久以前的事，可是傑克太過害怕，絲毫不覺得累。偶爾他會看到黑暗中有形影浮現，擔心那就是失地魔，或是羅盤警告過的奇怪東西。可是當他們一走近，卻總是一叢叢薊草。

「你的毯子呢？」聖誕小豬說，注意到穿著睡衣的傑克在打哆嗦。

「不小心留在垃圾桶裡了，」傑克邊喘邊說，「我還好啦。」

要是他們可以成功越過荒地，不被失地魔吃掉，他們就會找到DP。想到可以抱住德兒豬熟悉的綿軟身體，吸進他身上的友善氣味，傑克就能不顧寒冷和腳痠，繼續邁步往前奔跑。

接著一聲可怕的呻吟在荒地裡迴盪。

「是失地魔嗎？」傑克驚慌失措，倒抽一口氣，「他要來了嗎？我們應該躲起來嗎？」

「不，」羅盤說，依然快速往前滾動，「那是一個痛苦。」

「一個什麼？」傑克說。

「一個痛苦，」羅盤重複，「一個人類的痛苦。當然了，他們的主人很高興可以擺脫痛苦，所以他們最後都會淪落到荒地來，成群結隊到處遊蕩，一面哀嚎。說真的，我還滿替他們難過的。實在不怎麼有趣，身為一個——」

羅盤滾著滾著又突然停下來。兩個暗黑的形體出現在他們前方，擋住了去路。

32 破碎天使

對傑克來說，那些形體的輪廓看起來像是母親和孩子，但他再也不信任自己的感官，於是朝聖誕小豬貼得更近。

「誰在那邊？」**羅盤**大喊。

「你們又是誰？」女子用恐懼的語氣呼喚。

有個聖誕天使從黑暗中走出來，一邊翅膀嚴重彎折，李子色加金色的洋裝扯破了，她用左手遮住自己的面孔。他們當初眼睜睜看著被逼下**錯置**那條管道的藍色小兔，正領著天使往前走。兔子跟之前一樣渾身髒兮兮，毛皮上到處結著泥塊。

「妳為什麼要遮住自己的臉？」**羅盤**狐疑地問天使。

「因為如果我給你們看，你們會嚇得逃跑，」天使說，「不管我對哪個東西露出我的臉，大家的反應千篇一律，除了藍色小兔之外。」

「沒空遮遮掩掩了，」**羅盤**嚴厲地說，「這樣我怎麼知道妳不是**失地魔**

的密探？」

天使把手放下來。她的腦袋有裂縫，臉龐破損，一隻眼睛不見了。臉頰上有個大大的刺孔。她聽到傑克倒抽一口氣的時候，一滴淚水從她殘餘的眼睛滲出來。她再次遮住自己的臉孔，哭了起來。

「我知道我很醜！」她抽泣，「有隻狗逮到我！」

可是傑克倒抽一口氣，並不是因為他不喜歡她的臉龐。他之所以有這個反應，是因為他剛剛認出她來了。李子紫和金色的洋裝，撞得缺角的鬈髮，閃閃發光的塑膠翅膀——這正是他們家的聖誕天使，就是外婆挑中的那一個，也是小狗托比吃掉的那個。傑克不明白的是，如果小狗托比毀了天使……天使為什麼會在下頭，在失物之地這裡？

「只是破損，還不足以被送到荒地，」羅盤說，語氣更加狐疑，「有很多缺角跟皺裂的東西，主人寶貝到根本不讓他們離開視線！」

「那個家庭從來沒珍惜過我！」破碎天使說，拚命壓抑淚水，「我被買來取代他們原本深愛的天使！買得很匆忙，因為商店人滿為患——那家人即使在買下我的時候，也不喜歡我，我看得出來！」

傑克覺得很有罪惡感，至少天使又用手摀住殘存的眼睛，這樣天使就不會認出他來。

「他們把我放在樹頂上，可是其他的裝飾品都很不友善，」她抽抽噎噎，「他們都在哀悼失去了那個老天使，他是他們的朋友，也是他們的領袖！然後——然後——」

「那隻狗拉倒了聖誕樹。」傑克想也沒想，脫口而出。

「沒錯！」破碎天使驚訝地吸口氣，「你怎麼知道？」

「我猜的。」傑克連忙說。

「那棵樹倒下來，我也跟著掉了。樹枝纏住了我。那隻狗想把我拖出去，可是我卡住了，所以小狗使勁嚼著牠碰得到的地方。那個家庭發現樹木被撞倒，在地上看到我洋裝和臉龐的碎片，以為小狗吃掉了我，就跟那個老天使一樣。他們沒注意到，我頭下腳上掛在後面那邊。他們又把樹木扶正，我就卡在那裡動彈不得，遺落在樹枝之間，沒人看得見。

「沒人想念我，沒人在乎，」天使說，再度哭了起來，「等他們要丟掉這棵樹的時候，也會連我一起扔出去！」

聖誕小豬往前跨步，腳蹄搭在天使的肩膀上。小兔子悲傷地輕搓天使殘餘的手。「我也是個替代品，」聖誕小豬跟她說，「事情可能還是有轉機，他們可能會找到妳，把妳修好！」

「我們必須上路了，」羅盤說，哭泣的天使還來不及回應，「如果你們想要，可以一起來，」她對天使和藍色小兔補了一句，「人多勢眾，比較保險，不過你們要趕得上腳步才行。」

33 藍色小兔的故事

於是他們繼續拔腿往前衝刺。過了一陣子之後，傑克注意到藍色小兔在他身邊蹦蹦跳跳，用崇拜的眼神仰頭盯著他。

「很抱歉一直盯著你看，」藍色小兔膽怯地說，「可是你好新、好細緻！你一定很貴吧！我在荒地上沒看過像你這麼精美的東西。」

藍色小兔是品質粗糙的小玩具，眼睛歪一邊，手臂以古怪的角度車在身體上。

「你是什麼？如果這樣問不算失禮的話。」這個玩偶現在問。

「動作公仔，」傑克說，「睡衣男孩，擁有睡眠和做夢的力量。我有自己專屬的卡通。」他追加，因為聖誕小豬現在正在跟破碎天使說話，所以不會聽到。

「真好，」藍色小兔嘆口氣，深色眼睛閃動著，「可是你為什麼會在荒地上呢？你的主人一定到處在找你吧？」

「他被寵壞了，」傑克說，重複聖誕小豬跟眼鏡說過的話，「他玩具多得不得了，幾乎沒注意到我們弄丟了。」

「好糟糕，」小兔憂愁地說，「我從沒想過，像你這樣的玩具，也會受到這麼差勁的待遇。我這類的東西沒什麼好期待的，可是你不一樣！你有專屬的卡通耶！你很有名！」

「你主人不喜歡你嗎？」傑克問，因為他不希望小兔繼續追問卡通的事。他不大編得出跟睡眠有關的冒險故事。

「不喜歡，」藍色小兔嘆氣，「我是他在園遊會上抽獎得到的玩具。每張入場券都能換到一個獎品。我的主人本來想要足球，最後卻得到了我。他們把我遞給他的時候，他還鬼叫了一下，然後把我塞進他的口袋後，帶我回家。他從來沒有跟我玩過，我一直躺在架子上。直到有一天，有個朋友來他家玩，那個朋友把我從開著的窗戶丟到花圃裡，當作是在開玩笑。」小兔破了音。「沒人來找我，沒人在乎。我躺在花圃好幾個星期。雨下個不停。我覺得好冷好冷，渾身溼答答，可是我別無選擇，只能躺在泥巴裡等待。」

「我不懂。」傑克說。

「是這樣的，我困在兩個世界之間，」藍色小兔說，「如果不清楚你是被刻意扔掉，還是不小心遺失的，有時候就會發生這種情形。我卡住了，不屬於任何地方，凍壞了，全身髒兮兮，等著主人想起我。如果主人相信我被扔掉了，我就會停止存在。如果主人認為我不小心遺失了，我就會降到失物之地。在聖誕夜，」藍色小兔說下去，「那個男生把一個絨毛玩具收進行李，要帶去爺爺奶奶家，突然間他想起我不見了，可是他不在乎，或者也沒想到要找我的下落。那一刻，我的厄運就注定了。我直接往下掉到這裡，失物調節員逮到我，把我推下那條管道，管道一出來就到了荒地中央。我孤伶伶的，非常害怕，可是不久就遇到了破碎天使。我們從那時起，就一起在荒地上流浪。能夠有誰瞭解我的感受，真不錯。對你這樣的東西來說，那聽起來可能很傻——」

「不，不傻，」傑克說，「我有個朋友，我的事情他都懂，可是後來我失去他，一切都毀了……」

聖誕小豬回頭瞥了傑克一眼，臉上掛著古怪的神情。傑克擔心自己提起DP，會被聖誕小豬責備，於是換了個話題。

「也許會有別人找到你。」傑克告訴藍色小兔，透過飛旋的飄雪，他可以看到上面那一片片黑，沒有星辰在放光，他確定那就是通往生者之地的開口。

「不，不會有的，」藍色小兔嘆口氣，「我的身體還在花園裡，沾滿了泥巴，幾乎沒人看得見。那家人已經出門過聖誕去了。現在不會有人來找我。我屬於失地魔，不過我和破碎天使約好一起面對終結，這樣多少可以有點安慰。」

傑克覺得非常遺憾，巴不得能把藍色小兔帶回家，帶到自己的臥房去，可是他對失物之地的法律懂得越多，越確定這種做法行不通。

接著，誰也來不及再多說什麼以前，四周的黑暗爆出了噪音。

「危險！」羅盤大喊，「滾回到他們身邊，待在一起別散開，做好心理準備！是壞習慣那幫傢伙！」

34 壞習慣

羅盤、傑克、聖誕小豬、破碎天使和藍色小兔背對背靠在一起，一群暗黑影子和火熱紅點開始包圍他們。傳來高亢的說話聲，空氣頓時彌漫著煙霧的刺鼻氣味。

「他們是什麼？」傑克問，驚恐不已。似乎有好幾種東西：火熱的紅點看起來像眼睛，另外可以聽到尖亢和低吼的說話聲。

「就說是壞習慣了啊！」羅盤說，「小心，因為他們常常會亂丟——」

啪！一坨巨大的黏液打中了羅盤。

「那是什麼？」藍色小兔尖聲說。

「是鼻屎！」羅盤氣呼呼說，在原地滾動，想刮掉那坨東西，「我知道是你！挖鼻鬼！」

包圍他們的東西放聲狂笑，又有好幾個巨大的鼻屎飛過空中，傑克和同伴們拚命閃避。鼻屎啪啪啪飛過來。接著有個又硬又利的東西打中傑克的臉，他痛得叫出聲來。

「怎麼了？」聖誕小豬問。

「他們朝我丟了尖尖的東西，」傑克說，低頭看著那個形狀像迴力鏢、尖銳的黃色物體，「那是什麼？」

「嚼指鬼的一點指甲！」羅盤說。「你們有完沒完啊！」她對著包夾他們的那幫嘲弄不停的東西吼道，「失地魔會聽到我們的聲音，把我們全都吃了！」

「是妳嗎？羅盤？」有個粗啞的聲音說，「妳這次又要偷渡誰了？」

四周的東西越逼越近。傑克有點希望那些東西躲不見影，他們比假面還古怪，而且可怕得多。

他們似乎都是人類的一部分。有些是嘴巴；其中一個大聲嚼著口香糖，其他幾個抽著臭烘烘的菸，亮著紅色的火點，散放刺鼻的氣味。還有鼻子、耳朵，以及單一的手指。那根手指的指甲啃到極短，有好幾處都滲著血，噁心到傑克無法正眼直視。還有幾個拳頭，正咄咄逼人猛搥地面，彷彿等不及要痛打某個人。

「還在這裡啊，嗜糖鬼？」羅盤對最大的那張嘴巴說，「你還發誓說聖誕節就會回家！你主人不想要你回去囉？」

「給他時間，給他時間，」那張嘴巴說，露出發黑的牙齒殘根，「到時會有一大堆巧克力和甜食，他一定會屈服，又開始大吃特吃。」

「等等，」傑克背後傳來一個既熟悉又出奇的聲音，「我認識你們兩個嗎？」

傑克的心一跳。雖然他好生她的氣，雖然她將DP丟出車窗外，但是當他聽到那個聲音，卻感到前所未有的開心。她屬於家裡和生者之地，在那一刻，傑克滿腦子只記得，在他覺得渺小和迷失的時候，她曾經對他有多好。

「荷莉！」他喊道，連忙轉身。

可是放眼不見荷莉的身影。他發現眼前是個跟他一樣大小的拳頭。

「怪了。」拳頭用荷莉的聲音說。

「哪裡怪？惡霸老大？」一個巨耳用狡猾的語氣問。它滑得更近了，「我最愛聽奇怪的事情。」

「我會到下面這裡來，是因為我把長得像他的玩具小豬丟出車窗外，」

惡霸老大用荷莉的聲音說，「你看起來也有點面熟……」

「他是動作公仔！」聖誕小豬趕緊說，「睡衣男孩，擁有睡眠和做夢的力量！」

「他有自己專屬的卡通！」藍色小兔突然幫腔。那些壞習慣放聲嘲笑。

「我敢打賭一定很爛。」嗜糖鬼說。

「難怪他們不在乎他弄丟了。」擠破面皰說。

「少說大話！」聖誕小豬說，「你們的主人能擺脫你們，高興都來不及。」

「我的主人隨時都會回來找我，」惡霸老大低吼，「我是她的好搭檔，沒錯，她需要我。」

「荷莉為什麼需要妳？」傑克問。

「傻瓜，因為啊，」惡霸老大說，「我讓荷莉覺得更好過。媽媽希望她去參加奧運。問題是，荷莉對體操已經沒興趣了。她想玩音樂。她以為爸爸會瞭解，可是爸爸被繼弟弟偷走了。唔，我讓那個繼弟弟付出代價了，懂了吧？他什麼都有，他有個好媽媽，還有荷莉的爸爸，而且沒人會逼他贏得獎章；要是沒得獎，也不會有人怪他……他活該受罰……那就是為什麼我把他愚蠢的玩具小豬丟出車窗……」

傑克很詫異。他想像不到，荷莉竟然覺得他很幸運。

「只是現在荷莉覺得很愧疚……她擺脫我，發誓再也不要欺負那個小男生，可是她會……」

「當然會，她當然會，」耳朵用討人厭的狡猾語氣說，「我的主人也一樣。她被逮到偷看姐姐的日記，發誓她再也不會鬼鬼祟祟，偷聽別人講話了——可是如果不這樣，她要怎麼挖出秘密呢？秘密很有趣。秘密是我最愛的東西。我今天在糟糕不見了城的外圍偷偷徘徊的時候，聽到了一個精采的秘密，有誰想聽？」

所有的壞習慣都吵著要聽那個秘密。

「我當時坐在荒地邊緣的灌木叢裡，」耳朵說，「在那個地方要蒐集訊息很方便，因為失物調節員會在那裡巡邏，確保不會有多餘物溜出荒地，偷爬上山。」

「快說重點啦！」惡霸老大咆哮。

「唔，他們當時聊到了幾個在逃的東西，」偷聽耳說，「就是完全不該到下面來的東西。你們知道那些東西是什麼嗎？」

「是什麼？」幾張嘴巴同聲問道。

「一隻絨毛小豬和一個動作公仔！」耳朵說，「正好就像——」

可是就在那一刻，一聲轟天巨響迴盪在荒地上。地面顫動，所有的壞習慣都驚聲尖叫。

「捕獵行動開始了！」羅盤欣喜地喊道，「那就是失地魔！你們四個，好好跟著我！現在，快跑！」

35 失地魔

羅盤滾得飛快，壞習慣們一哄而散，尖叫著衝進黑暗，破碎天使和藍色小兔也是，但一時片刻，傑克嚇得無法動彈。

兩盞巨型白色探照燈正穿過荒地上方的天空，兩道光束掃過地面，照亮了許多快步奔逃的東西，大家都急著想逃離**失地魔**。那些探照燈就是**失地魔**的眼睛，**失地魔**轉動巨大的腦袋時，探照燈就會掃過下著雪的荒地。**失地魔**高大無比，亮到令人眼花的雙眼掃過地面，尋找東西吃的時候，傑克可以聽到**失地魔**的頭頂刮過高聳的木頭天空。

很難看出失地魔是巨人或是機器人。他不是靠雙腳走路，而是像雙足蜘蛛那樣，以鋼鐵的尖端走路。他的身軀、手臂、雙腿全都蓋滿了好幾百萬個的東西碎片，他身上有齒輪、彈簧、把手、天線、鈕釦、蓋子以及他吞吃東西之前拆解下來的部位。

失地魔發出搖撼地面的恐怖吶喊，石塊隨之顫抖。喊聲裡傳達了暴怒以及苦惱，彷彿失去了自己心愛，卻永遠找不回來的什麼。

然後他猛地一撲。

一隻巨手掃過荒地，手指好似鋼鐵大樑，撈起拚命竄逃的東西。那些東西放聲尖叫，失地魔將他們高舉到天空中，透過無情雙眼的光線，細細檢視。

「傑克，快跑啊！」聖誕小豬大喊，揪住傑克的手扯了扯。失地魔再次伏低身子。巨大的鋼鐵手指再次飛掠而過，近到傑克從站立的地方，都可以看到參差不平的指尖，指尖蓋滿了玻璃與鋼鐵碎片。

傑克任由聖誕小豬拉著他往前，但他因為恐懼而雙腿發麻，不停絆倒。失地魔的雙眼光束在他們四周跳躍閃動，傑克覺得暈眩想吐，失去所有的方向感。他確定自己隨時都會被失地魔的金屬巨手揪住，使勁扯向空中。

「羅盤到哪去了？」傑克喊道，聖誕小豬拉著他往前走。

「我不知道，」聖誕小豬吼道，「跑就是了，我們得找個地方躲！」

失地魔再次尖聲狂叫，雙眼的聚光燈滑過他們身邊，掠過傑克的手肘。

傑克聽到荷莉的聲音從黑暗中傳來。

「拜託不要——拜託不要——不啊啊啊！」

「傑克，快啊！」聖誕小豬大喊，因為傑克突然停下，試著掙脫聖誕小豬的腳蹄。

「荷莉！」傑克說，「他抓到荷莉了！」

「那不是荷莉，你很清楚那不是荷莉！」聖誕小豬說，用兩隻腳蹄拖著傑克往前，「那是荷莉的壞習慣，你應該很高興它不見了！」

可是傑克很討厭聽到荷莉的聲音這麼絕望跟害怕，看到破碎天使在前面狂奔跑著的時候，更是分心，扯破的洋裝害得天使踉踉蹌蹌，又因為只剩一隻眼睛，沒辦法看清楚去路。

「抓住我的另一隻手！」傑克對她呼喊。

「噢，謝謝！」她喊道。

可是就在她朝他伸出完好無損的手臂時，失地魔的眼睛光束找到了她。破碎天使絆了一跤，失地魔撲過來。巨大發亮的拳頭一把扣住她，她被舉向了空中。

傑克試著要把她拉回來。「我們無能為力！」聖誕小豬狠狠地說，「跑啊，傑克，快跑。要不然下一個就輪到我們了！」

36 薊草

「趴下！」聖誕小豬說，把傑克拉到一大叢薊草後面，一起躲在陰影裡。他們窩在積了雪的地面上，從尖刺的草葉縫隙往外窺探。現在，失地魔捧著滿懷的東西，正大步越走越遠，踩過的地面跟著震動搖晃。

「天使，可憐的天使！」傑克透過凍麻的嘴唇喘著氣說。要是他早一步揪住她的手，也許她就不會被抓走！「那些東西最後會怎麼樣？失地魔會對他們做什麼？也許我們可以拯救他們！」

「我們沒辦法，」聖誕小豬靜靜地說，「他要把他們帶到他的巢穴去。他會在那裡把他們撕扯開來，吸光喚活的那部分。接著，如果他喜歡他們的身體，就會把他們變成他盔甲的一部分。」

「可是，如果他們現在被找到了呢？在上頭那邊？」傑克說。

「那他們就得救了，」聖誕小豬說，「可是沒人在看，傑克。沒人在乎他們遺失了──人類甚至很高興擺脫了這些東西。什麼人類會想要嚴重破損的聖誕天使？又有誰想要挖鼻孔的討厭習慣？」

「可是失地魔把喚活的部分吸光，拆散他們的身體，變成他自己身體的一部分，留在上頭的東西本尊會怎樣？」傑克問，「天使還卡在樹上，不是嗎？」

「沒多久了，」聖誕小豬說，「等失地魔吸光她喚活的部分，上頭的她就會消失蹤影。只要被失地魔吃掉，就沒辦法再回到上頭去。就會永遠消失。那就是人類所說的『死亡』。」

傑克覺得冷颼颼，疲憊又害怕。他好希望DP就在身邊，他為天使的事情覺得愧疚極了，再也忍不住淚水。他情緒崩潰。他試著不要哭出聲音，但是騙不過聖誕小豬。小豬用腳蹄摟住傑克，把他拉近。

「我們要緊緊抱在一起，免得凍壞，」小豬粗聲粗氣說，「我們先待在這邊吧，也許補眠幾個小時——等天亮以後，我們再找路到想念之城去。」

「可是沒有羅盤，我們要怎麼找路呢？」傑克問。

「我還不知道，」聖誕小豬承認，「可是我們總會想出辦法的。」

於是傑克在聖誕小豬身邊蜷起身子，讓小豬摟著他，慢慢地，傑克逐漸溫暖起來。他依然覺得害怕跟悲慘，但至少比較暖和了。

「謝謝，聖誕小豬。」一會兒之後，他說。

「不客氣。」聖誕小豬說，語氣有點驚訝。

短短的沉默之後，傑克說：「這樣叫很呆。」

「什麼很呆？」聖誕小豬問。

「『聖誕小豬』這個名字啊，」傑克說，「太長了。如果我當初把你留下來，就不會這樣叫你。這個名字不適合天天用。」

「那你原本會怎麼叫我？」聖誕小豬問。

傑克想了一下。

「可能叫『CP』吧，」他說，「代表Christmas Pig（聖誕小豬）。」

「『CP』啊，」聖誕小豬說，「我喜歡。」

「如果你想要，到時我可以要荷莉這麼叫你。」傑克打著哈欠說。

「什麼意思？」聖誕小豬說。

「等我把你交給她的時候啊。」傑克說。

「我不懂。」聖誕小豬說。

「你不是要我保證說，等我們從失物之地回去，要把你交給荷莉。記得嗎？」

「噢，」聖誕小豬說，「嗯，記得。」

他們默默無語躺了一會兒，但傑克感覺得到，聖誕小豬並未睡著。

「我們還是會見面的，」傑克說，現在覺得昏昏欲睡，「等回到家，我們甚至可以一起玩。你會喜歡DP的。」

「一定會的，」聖誕小豬說，「我們畢竟是兄弟。」

「對啊，」傑克說，「一開始我不覺得，可是後來發現你們還滿像的。你……」他打了哈欠，「你想，我們很快就會找到DP嗎？」

「一定會，」聖誕小豬說，「你一直在想念他，所以他一定會在想念之城裡。只剩那個地方可以找了。」

「對啊。」傑克說，現在就快進入夢鄉。他幾乎可以想像，自己正跟DP挨在一起。聖誕小豬聞起來再也不新了：因為在臭兮兮的便當盒躲過，也在泥土隧道裡走了好久才到荒地，整個變得灰頭土臉。

「我等不及要見到DP。等他發現，我跑這麼遠來救他，他會很驚訝吧？」傑克說。

「他會很驚喜，」聖誕小豬說，「有史以來，從來沒有小男孩替玩具做過這樣的事。」

就在快睡著的那一刻，傑克聽見聖誕小豬肚中豆子的沙沙聲。

「失地魔要來了嗎？」傑克低語。

「沒有，」聖誕小豬說，「別擔心，睡吧。」

傑克覺得自己好像聽到了吸鼻子的聲音。

「你還好嗎？ＣＰ？」

「當然還好。」聖誕小豬說。

還好沒事，因為傑克一時以為，聖誕小豬正在哭。

37 火車軌道

太陽在高聳的木頭天花板上冉冉升起，那片天花板就是失物之地的天際。雖然太陽只是彩繪而成的，但光線亮到足以喚醒傑克，他正蜷著身子躺在荒地的薊草後面。

雖然雪已經停了，但依然天寒地凍。無人悼念失物荒原朝著四面八方無盡延伸，遍地都是雪，偶爾會看到薊草叢，在寒風中搖搖擺擺。放眼不見任何東西──連聖誕小豬都不見蹤影。

傑克一時驚慌，掙扎著要站起來。

「CP？」他喊道，「CP，你在哪裡？」

「沒事，我在這邊！」聖誕小豬說，趕緊跑回他的視線範圍，「我找到東西了──過來這邊！」

小豬領著傑克走了一小段路，然後用腳蹄指著。

「看，有鐵路軌道。」

「一定是通往想念之城的！」

「沒錯，」聖誕小豬說，「問題是，沒有羅盤，我不知道該往哪個方向走。」

他們來來回回望著鐵軌，可是沒有指標可以辨識哪個方向通往糟糕不見了城，哪個方向通往想念之城。

背後傳來一個聲音，嚇得他們跳起來。他們連忙轉身，迎面就是藍色小兔，跟之前一樣髒兮兮，雖然淚水在他沾滿泥濘的毛皮上，留下了清澈的淚痕。

「原來是你們！」小兔喘著氣說，「噢，我好高興失地魔沒有逮到你們！」他先是擁抱了傑克，然後再抱抱聖誕小豬，還把他們兩個弄得滿身泥濘。

「我們也很高興他沒抓到你。」傑克說。

「羅盤呢？」藍色小兔問。

「不知道，」聖誕小豬說，「她滾到黑暗裡，我們動作不夠快，跟不上。」

「噢，天啊，」藍色小兔哀嘆，「我希望她沒被抓走。我好替破碎天使擔心。她要我用最快的速度逃開，可是當我一回頭，就再也看不到她了。我整個晚上都在找她。她是我最好的朋友。你們看到她了嗎？」

「沒有，」聖誕小豬說，用警告的眼神看傑克一下，「藍色小兔，你應該不知道這些軌道通往哪裡吧？」

「恐怕不知道，」藍色小兔說，仔細端詳那些火車軌道，「不過，我可以跟你們說一件奇怪的事。火車往這邊走的時候，」他指向依然一片幽暗的地平線，「車上的那些東西看起來很悲傷。可是，火車朝那個方向開的時候，」他指向仍然散發紅光和金光的地平線，彩繪的太陽就從那裡升起，「車上的東西看起來很開心。」

傑克望著聖誕小豬，可以看出他跟自己在想同一件事：這一定表示，那些東西正要往東走，朝著彩繪太陽升起的地方去，就是要前往想念之城，而不是糟糕不見了城。

「我想我們就往這邊走。」聖誕小豬說，沿著鐵軌出發，朝著一直逐漸亮起的地平線走去。

「你們介意我一起來嗎？」藍色小兔問。
「當然不介意。」傑克友善地說，於是小兔蹦蹦跳跳跟在他們後頭。

38 城門

他們沿著火車鐵道，往地平線連續走了好幾個鐘頭，除了積雪的地面和朝遠處延伸的鐵軌之外，放眼空無一物。傑克不停抬眼瞥瞥彩繪的天空。聖誕小豬說，這裡的一天，等於是生者之地的一個小時，傑克忍不住想起詩詞的警告，說他們必須趕在聖誕夜結束以前，離開失物之地。永遠困在下面這裡，等著被失地魔逮到，想到就覺得恐怖。但傑克很確定，如果找得到DP，DP會讓一切都好起來，因為DP向來都辦得到。於是，他跟在聖誕小豬後面，用最快的速度沿著火車鐵軌往前趕路。

彩繪太陽高高掛在上方，慢吞吞滑過木頭天空，開始往下降入更多的烏雲裡。又下起雪來了。

聖誕小豬終於停下腳步，舉起腳蹄替小小的黑眼睛遮光。

「傑克，你有沒有看到什麼？」小豬低語，「閃閃發亮的……什麼？」

傑克朝著地平線望去。沒錯，遠遠那邊，他可以看到有什麼正熠熠發光。「是海嗎？」他問。

他們又往前走點路，不久，有個模糊的輪廓漸漸浮現，是一座城牆圍繞的美麗城市。他們可以看到砲塔和尖塔，以及看起來像宮殿建築的黃金屋頂。最後，他們近到足以看出城牆上的一雙金色大門，上頭刻的藤蔓和花朵，就跟錯置那裡的那扇金門一樣。現在，有另一條火車軌道來自不同的方向，跟原本那條軌道在這裡會合。傑克猜想，第二條軌道直接從錯置過來，將那些穿過金門的東西載到這裡。

聖誕小豬伸出腳蹄表示警告，低聲說：「失物調節員！」

確實，一把匕首、一把指甲銼刀、一臉兇惡的胡桃鉗，在大門前踏著正步來回走動。這些失物調節員戴著傑克所見過最花稍的黑帽：黑色長羽毛從高高的頭盔伸出來，帽子上的「L」字母是黃金製成的。

傑克、聖誕小豬、藍色小兔躲在另一叢薊草後面，伏低身子，緊盯大門，試著擬定計畫。雪花紛紛落在他們的腦袋和肩膀上。

「也許，」傑克低語，「等火車開過來，我們可以跳進車尾？」

「火車行進的速度太快，」聖誕小豬說，「你會受傷的。」

「等等——你們想闖進城裡？」藍色小兔驚奇地說。傑克點點頭。

「他們永遠不會讓你們進去的！」藍色小兔說，「我們是多餘物！不屬於那麼精緻的地方！那裡是給真正受到想念的東西去的！」

「那些大門其實沒什麼特別的地方，」聖誕小豬說，不理會藍色小兔，「看起來普普通通。失物調節員才是麻煩所在。我們一現身，他們就會抓住我們，把我們交給失地魔。要是有誘餌就好了。」

「你們想進去，只是為了住好房子嗎？」藍色小兔問，「還是有別的理由？」

「嗯，」傑克說，聖誕小豬來不及阻止他，「我需要的某個人在裡面。他叫DP，是我最愛的絨毛玩具。」

久久一刻，傑克和藍色小兔盯著對方的眼睛，接著藍色小兔發出一聲長長的嘆息，表達了驚奇。

「你是個小男生，」兔子小聲說，「你是真人。」

「才不是，」聖誕小豬驚慌起來，「他是動作公仔，叫做——」

「沒關係的，小豬，」藍色小兔說，「我不會說出去，我保證。你真的一路跑這麼遠，到失物之地來找你最愛的玩具？」他問傑克，傑克點點頭。

「那我來替你們當誘餌好了，」藍色小兔說，「這是我的榮幸。」

傑克或聖誕小豬來不及攔住藍色小兔，小兔就從他們藏身的地方急忙爬出來，直接朝著失物調節員蹦蹦跳過去。調節員不再來回踱步，而是停下來瞪著小兔。

「哈囉！」藍色小兔說，「能不能讓我住你們的城市，拜託？」

「別蠢了。」匕首輕蔑地說，威脅要戳刺小兔。藍色小兔蹦蹦跳開，拉開一小段距離之後，再試一次。

「拜託讓我進去嘛！我會變戲法唷！」

小兔試著翻個筋斗，結果卻跌個倒栽蔥，壓垮了耳朵。失物調節員放聲譏笑，甚至懶得趕他走。

就在那時，他們頭頂上方傳來響亮的砰砰聲。大家——傑克和聖誕小豬、藍色小兔和失物調節員——不約而同仰頭望去。聽起來彷彿有顆巨球正彈跳著越過高聳的彩繪天花板。這是傑克頭一次聽到來自生者之地的聲響。在無人悼念失物荒原上方，尋獲洞相當稀少，不過他們頭上湊巧就有一個。

接著，從很遠、很遠的地方傳來了一個小女孩的聲音。她的口音是傑克不認得的。

「我的皮球飛過樹籬，跑到隔壁的花園去了！」

「那就鑽過樹籬去撿吧，珍妮。」有個女士的聲音說。

傑克、聖誕小豬、失物調節員和藍色小兔繼續盯著木頭天空裡的那個大洞，現在腳步聲越過天空發出回音。接著他們再次聽到那個小女孩的聲音，比之前更響亮也更清晰。

「皮球掉在花圃裡！還好他們不在家。」

接著一道金光出現了，照到了小兔。小兔僵住不動，嘴巴開開，黝暗的眼睛裡閃著光芒，飽含熱切的希望。

「媽！」小女孩的聲音說，「我找到一隻兔子耶！花圃裡有一隻藍色小兔！」

那道金光扯著髒兮兮的藍色小兔，小兔往上升起，離地好幾吋。他驚奇地東張西望，顯然無法相信眼前發生的事情。

「妳在哪裡找到，就留在那裡，珍妮！」他們上方遠處的那位媽媽說，

「那是其中一個男生的！」

「一定丟在這裡好久好久了！」小女孩的聲音說，「身上全都是泥巴！」

藍色小兔在金色光束中又往上升了一點。現在他懸在半空。原本應該看守城門的三個失物調節員，看到眼前的場面驚訝得不得了，不由自主往前走去，想把上方的洞口看得更清楚，也想一窺那個竟然會喜歡滿身泥巴藍兔的古怪女孩。

「媽，他們把他丟在外面好幾個星期了，他們才不在乎他呢！拜託嘛，我可不可以——」

「珍妮，不行，如果是其中一個男生的就不行。」那個媽媽的聲音說。

現在，胡桃鉗、指甲銼刀和匕首正站在懸在半空的小兔正下方，這麼骯髒、品質粗劣的東西竟然還有機會被找到，驚愕清清楚楚寫在他們的臉上。

「傑克，就趁現在，」聖誕小豬低語，「快跑。」

「可是——」

「這是我們唯一的機會！」小豬說，「趁他們盯著小兔的時候，我們可以趕緊穿過大門！」

於是傑克慢慢站起身，朝著閃閃發亮的大門衝刺，聖誕小豬捧著肚皮跟了上去。

小兔依然浮在半空，懸在金光之中，介於生者之地和失物之地之間，而失物調節員站在他下方，目瞪口呆，仰頭張望。

「拜託，媽，」小女孩的聲音說，「拜託讓我把他留下來。我們可以把他洗乾淨，拿給隔壁男生看。如果他們想討回去，我再還給他們嘛。」

「他們不會想把我討回去的！」藍色小兔心急地嚷嚷，「噢，帶我走吧，拜託帶我走，讓我當妳的小兔！」

可是，女孩和她媽媽當然聽不到小兔講的話。

「看看他的小臉，好可愛喔，媽！」女孩說。

傑克聽到他背後傳來微小的喀答聲。聖誕小豬推開了金色大門。傑克溜了過去，依然回頭望著小兔。

「噢，好吧，」傳來那位媽媽的聲音，帶了點興味，又有些惱火，「我只希望他不會卡住洗衣機！」

突然呼咻一聲，藍色小兔轉眼被掃過那個洞，離開了失物之地，但在消失之前，小兔舉起一隻沾滿泥巴的手掌，向傑克揮了揮，臉上帶有一抹困惑的喜悅。

第六部

想念之城

39 想念之城

進入大門之後並沒有街道：只有一條運河，運河兩邊是美麗高聳的屋舍，各個附有鑄鐵陽台。有幾艘空蕩蕩的鳳尾船在水上漂浮，繫泊在橫紋纜樁上，纜樁從青綠色水面上突出來。船上散落著點點積雪，雪花紛紛飄落水面。最近的那艘鳳尾船座位上有一條摺好的深藍色天鵝絨毯。

「你先走！」聖誕小豬對傑克悄聲說，「到船上去，躲進毯子底下！」

傑克聽話照做，在船底躺平，用厚厚的天鵝絨毯裹蓋住自己，這塊毯子顯然是供乘客保暖用的。聖誕小豬也上船來的時候，傑克感覺鳳尾船搖搖晃晃，小豬扭著身子鑽進毛毯，到了他身邊。他們蜷起身子窩在一塊兒，希望沒人會注意到毯子的隆起。

「真沒想到。」傑克聽到有個失物調節員說。

「對啊。」另一個聲音說。

「像那樣一隻髒兮兮的小兔，竟然也會被找到！」第三個說。

「你上一次看到多餘物被救，是什麼時候的事？」

「好多好多年前嘍。」

「唔，我說過，現在要再說一次，」頭一個聲音傳來，「小孩子真奇怪。那個小女生竟然會喜歡躺在花圃好久、沾滿泥巴的一團東西！」

遙遠的哨聲打破這片寧靜。

「來了，還真準時，」那個聲音說了下去，「從錯置來的火車。」

傑克靜靜躺著不動，屈起身子挨在聖誕小豬身邊，聽著火車哐噹哐噹越駛越近。不久，噪音大到震耳欲聾。接著，發出響亮的嘶聲和煞車的尖鳴之後，火車停了下來。他們先聽到火車門打開，接著是城門，再來是許多東西看到有精美鳳尾船等著載他們到市中心時，噢噢啊啊此起彼落的驚嘆。

「歡迎啊，歡迎！」失物調節員嚷嚷，「往這邊來，先生……留意您的腳步，閣下……也許您應該獨享一艘鳳尾船，殿下……」

傑克從未聽過失物調節員對失物這麼恭敬過。接著傑克感覺他們那艘鳳尾船搖了搖，有東西爬了進來，然後在座位上調整坐姿。強烈的熱氣突然朝天鵝絨毯子襲來，彷彿坐進鳳尾船的那個東西著火了。傑克無法想像會是什麼。

「您想蓋毯子嗎？殿下？」胡桃鉗的聲音從傑克頭頂上方傳來，傑克和聖誕小豬恐懼地緊抓彼此，等著那塊天鵝絨裹巾從身上被抽走。

「不了，謝謝，我從來不覺得冷。」一位女士的聲音說。

又傳來更多鳳尾船的嘎吱聲，以及「小心啊，閣下」的幾聲關懷，接著響起一位失物調節員的聲音，傑克猜想來自領頭的那艘鳳尾船。

「各位閣下、殿下、大人，各位先生女士，歡迎來到想念之城！我們的路程不長，請留在座位上，我們會帶大家到各自的新家去！」

「更往市區裡面走以後，我們必須想個辦法離開這艘船。」聖誕小豬低語，口鼻蹭著傑克的臉頰。鳳尾船開始行進。

「我們能不能趁沒人注意的時候跳水？」傑克悄聲說。

「那跟我們一起坐在這艘鳳尾船的東西呢？那個東西一定會看到我們，然後發出警報。」

「不管那個東西是什麼，燙乎乎的。」傑克說。

「對啊，」聖誕小豬說，「感覺就像有木炭在燒，我很驚訝這艘船竟然沒燒起——」

毫無預警地，有人將那條天鵝絨披毯從他們身上抽走。在那個驚惶的瞬間，傑克什麼也看不見，因為鳳尾船裡注滿亮到令人眼花的金光。彷彿太陽就坐在他們身邊。

「我不是燃燒的木炭。」跟之前相同的女士聲音說，聲音來自灼亮的光線中央。亮到傑克不得不閉上眼睛片刻，但即使透過眼皮，還是可以看到那個東西。「我是**快樂**。」

「**快樂**？」傑克重複。

「對，」她說，「現在快起來享受景色，這座城市好美！」

「我們不能起來，」傑克細聲說，試著正眼看**快樂**的時候，眼睛又開始出水，「我們——我們不應該在這裡。」

「我想也是，」**快樂**說，「可是，我這麼亮，你們靠近我的時候，沒人看得到你們。坐起來吧，我們可以一起享受這段船程！」

傑克和聖誕小豬坐上**快樂**對面的椅子。他們在下雪的荒地裡待那麼久，她散放出來的熱氣撫慰了他們，只要他們不要直直望著她，就可以藉由她的光線看看四周。

想念之城跟他們在失物之地到目前為止所看過的景致都不相同。運河兩側都是別墅，有階梯往下通往蕩漾的河水。現在是黃昏時分，頭頂上方掛著一串串銀色聖誕燈飾。遠方某處傳來聖誕頌歌的合唱。比起無人悼念失物荒原，想念之城上方的尋獲洞數量多得多，傑克看了就高興。等他們找到DP，應該就能輕輕鬆鬆返回生者之地。

鳳尾船行經石橋下方，一只平扁的銀色懷錶正滾過橋面，它的倒影有如墜落的月亮一樣閃閃發光。一條閃耀的綠寶石項鍊從樓上的窗戶，對著新來的東西揮舞它的搭釦。一枚舊時的金幣在一個門口一閃一閃。傑克拉長脖子東張西望，可是哪裡都看不到舊玩具，也不見DP的蹤影。不過，還是有更舊的東西，幾乎就跟快樂一樣古怪與雍容華貴。

「他們是什麼？」傑克問聖誕小豬時，一艘鳳尾船往反方向開了過去。船上載了一捲長長的紙，上頭印了很多數字，另外還有一頂金色皇冠。這兩個奇怪的東西正壓低嗓門交談。

「那張紙是失落的財富，」快樂說，轉身去看，「上頭有個有錢人失去了所有的錢。財富正在跟失落的王國聊天。很久以前，生者之地的一位君主失去了自己的王位。」

傑克的眼睛逐漸習慣了快樂的極端亮度，他發現如果側著臉斜看她，就可以在那團炫目的光線中央，看出微笑女子的形體。

「妳是怎麼被弄丟的？」他害羞地問。

「因為粗心大意，」快樂嘆口氣，「我主人是個演員。她有魅力也有才華，可是她對自己在意的人不夠仁慈，雖說熱愛自己的工作，但也沒有原本該要的那樣努力。她的天分曾經為她帶來友誼和成功，可是因為懶惰和自私，漸漸失去了它們。現在，悲哀的是，她也失去了我。」

「她要怎麼把妳找回去？」聖誕小豬問。

「滿困難的，」快樂說，「因為她都到不對的地方去找我，而且她不習慣承認錯誤，我恐怕會在想念之城待上好長一段時間……也許永遠離不開。你們要告訴我，你們來這裡做什麼嗎？」快樂繼續說，「是秘密嗎？」

「是秘密。」聖誕小豬搶著說，傑克來不及回答。

「我想也是。既然如此，」快樂說，嗓門一低，「你們可能會想在這裡下船。我們似乎放慢速度了，不過我會讓自己再亮一點，這樣你們就不會被看到。」

傑克和聖誕小豬四下張望。快樂說的沒錯：鳳尾船絕對放慢速度了。

「來吧，」傑克對聖誕小豬低語，鼓起勇氣準備進入冷冰冰的水裡，「我們從船的側面下去。」

「祝好運！」快樂說。

傑克和聖誕小豬小心翼翼爬過船的側面，滑進凍冷的水裡，鬆手放開船緣。船漸漸飄開，快樂的光芒比之前更亮，免得有人看到他們離開。

傑克在冰冷的海水裡喘氣，勉強游到通往運河岸邊的階梯。不過，當他回頭一看，卻只看到聖誕小豬的口鼻，正在水面上浮浮沉沉。聖誕小豬眼見著就要溺水了。

40 被跟蹤

傑克及時游到小豬身邊，阻止小豬永遠沉落河底。傑克只靠一條手臂划水，雙腿用力踢蹬，終於成功拖著吸飽水的豬穿過河水、登上階梯。

「謝謝你，傑克。」聖誕小豬上氣不接下氣，毛巾質料的身體現在因為浸過河水而泛綠。「你游得好好！剛剛那樣，我一點都不喜歡。」他承認，一面擠出身體裡的水，最後腳邊積出一個水窪。

「你不會游泳，怎麼不先跟我說？」傑克問，站在持續飄落的雪中。現在一離開水，冷到拚命發抖。

「我一直到往下沉的時候，才知道自己不會游泳，」聖誕小豬說，「後來嘴巴進了水，也沒辦法開口跟你說。」聖誕小豬扭扭耳朵，把水擠出來，耳朵變得歪歪斜斜，然後說：「來吧，我們去找DP。」

泡過運河有個好處，聖誕小豬肚子裡的豆豆黏在一起，不像平常那麼吵了。他和傑克一起出發穿過想念之城的狹窄街道。

這裡的巷道就跟水道一樣賞心悅目，地面鋪了鵝卵石，左右兩邊都是美輪美奐的別墅。門上掛著閃閃發光的聖誕花圈，點了蠟燭的聖誕樹在窗戶裡熠熠生輝。傑克和聖誕小豬在逐漸聚合的夜色中，穿越白雪覆蓋的廣場，沿途路過了幾樣東西，不過他們對傑克和聖誕小豬似乎都不怎麼好奇。一枚獨角獸造型的華麗鑽石胸針走進自己的別墅前，彬彬有禮鞠了個躬。一本金箔壓花的美麗書籍路過的時候，翻了翻書頁，隨性地揮了揮手。不過，就像在糟糕不見了城，傑克因為遲遲看不到玩具而困擾不安。

「你想，他們會把絨毛動物集中在城市的某一區嗎？」他問聖誕小豬。

「也許喔，」聖誕小豬說，「這座城市看起來比其他幾個大一點。不過，我想，我們快走到有人唱聖誕頌歌的地方了……」

「對耶，」傑克說，還是因為泡過運河而冷得渾身發抖，「你想他們在開派對嗎？」

「也許吧。」聖誕小豬說著便瞇著眼回頭看，彷彿打算說什麼，卻又改變了主意。「來吧，看看能不能找到玩具聚集的地方。」

他們繼續往前走，但走得越遠，傑克就越覺得不只有他們兩人。他回頭瞄了兩次，什麼也沒看見，但是到了第三次，他覺得自己瞥見了黑色的什麼，匆匆繞過轉角消失不見。

「CP，你看到了嗎？」傑克小聲說。

「看到了，」聖誕小豬說，他跟傑克同時轉頭去看，「我想有什麼在跟蹤我們。我想，我們混進群眾裡會比較安全……我們去找那些歌手吧。來啊，快。」

41 表演者

他們朝著有人高唱聖誕頌歌的地方趕去，幾分鐘過後，他們站在一道拱門底下，往外可以看到寬闊美麗的廣場，廣場就像運河那邊，懸掛著閃閃發亮的銀色聖誕串燈。由樂器組成的合唱團正在廣場的一角裡高歌。他們現在全都擁有人類的歌喉，從法國號、小提琴、長笛到低音號都是，傑克從沒聽過唱得如此美妙悠揚的頌歌。就那麼幾秒鐘時間，傑克忘了一身溼透的睡衣有多冷，只顧著對眼前美妙的景象和聲音嘖嘖稱奇。

廣場位於一座巨型白色宮殿前方，宮殿有黃金屋頂和拱形窗戶。宮殿大門的兩側各站著失物調節員，一個削鉛筆機和一把木槌，就像看守城門的失物調節員，他們也戴著有長羽毛妝點的黑帽。

陽台從宮殿的一端延伸到另一端，傑克可以看到人形的東西站在那裡，聆聽樂器的合唱。就像快樂，那些東西各個散放著光芒。其中一個是深紅色，另一個是綠色，還有幾個是亮藍色。傑克距離太遠，看不清那些彩色光團中央的人形，可是他知道他們一定是無比重要的大人物，才能住在有金色屋頂的宮殿裡。

同時，傑克和聖誕小豬站立的前方，有另外一群東西聚在一起，落雪紛紛，在逐漸消逝的天光中，他們的影子拉得好長。他們似乎在圍觀某種演出。

「我們躲進那群東西裡面吧，」聖誕小豬低語，再次回頭一瞥，「注意看有沒有ＤＰ的蹤影！」

於是他們出發往廣場走去，傑克凍僵的赤腳留下了足跡，聖誕小豬的腳蹄在雪地裡踩出潮溼的圓印。他們都沒注意到，有個披著黑色斗篷的人形，從大理石柱後面悄悄溜出來，跟蹤他們。

傑克和聖誕小豬擠進成群圍觀的東西之中，沒引起多少注意。最後他們終於看到了群眾圍觀的事物，傑克和聖誕小豬也停下腳步盯著看。

所有的表演者都是透明的人形，就像假面。一個小丑正在表演拋接跟後空翻，一個蓄著長長八字鬍的矮小男人正用長棍頂端轉著盤子。一位廚師正在拋翻鬆餅，每次都成功接到，一位芭蕾舞孃正踮著腳尖旋轉不停。有個老男人將一條長繩子綁成複雜的結，另一個則是在表演卡牌戲法。

「他們是什麼？」傑克很好奇，忍不住問旁邊那個嶄新的智慧型手機。

「失去的本領，」手機說，「人類原本辦得到，但是因為年紀大、受了傷、記憶減退或是缺乏練習，最後失去的高明小戲法。」

「他們不能把這些本領拿回去嗎？」傑克問。

「有時候可以，」手機說，「昨天，我們在觀賞節目的時候，有個高超的魔術戲法咻地被帶回生者之地。真令人失望，因為他還沒耍完。失去本領的時候，我們總是很遺憾，因為他們每到晚上這個時間，就會表演節目給大家看——不過這些本領只是負責暖場而已，等你看到今天的才華就知道有多棒！」

失去的本領終於一鞠躬，接受大家的歡呼。他們一路跑跑跳跳、翻翻滾滾、踮腳旋轉，離開廣場並失去了蹤影。

現在一個非常高大的透明女士，穿著珍珠點綴的洋裝，大步走進廣場中央。有些圍觀的東西高聲叫好，但手機滿口牢騷。

「你們運氣不佳，我原本希望我們的故事之一會上場——他們一向很有娛樂效果——可是這位是歌喉。」

歌喉深吸一口氣，開始用傑克不懂的語言放聲高歌。她的歌聲從石砌拱門和宮殿牆壁彈回來，讓傑克的耳鳴不停。所有的珠寶跟精緻書籍都欽佩地嘆著氣，他想，歌喉一定才華過人。但是手機湊過來對傑克說，「她是被上頭一位歌劇女伶弄丟的。我對歌劇不大有興趣，我想我要回家了。」

手機跳著離開。傑克原本想跟過去，因為歌喉的歌聲讓他的耳朵嗡嗡叫，可是那一刻，有個東西在他耳畔低聲說：「打攪一下，你們是不是在找一隻玩具小豬？」

42 國王的邀請

傑克連忙轉身，眼前的形影看起來像個女性。黑斗篷從頭遮到腳，不過，紫光從兜帽和衣襬底下流洩出來。聖誕小豬注意到傑克轉了身，也跟著照做，當小豬看到那個披著斗篷的人影，頓時鬆開原本摀住耳朵的腳蹄，抓住傑克的胳膊，準備拔腿就跑。

「不必驚慌，」女性的聲音從斗篷下面傳出來，「某個對你們心懷善意的人，派我來接你們過去。」

「是快樂嗎？」傑克問。

「對，是快樂沒錯，」女人說，「不過除非你們想害她惹禍上身，不然就別說出去。不管是哪個東西，只要出手幫忙你們兩個，都可能落得被吃掉的下場。你們已經惹出不少麻煩。跟我來，我會解釋。」

聖誕小豬依然一臉懷疑，不過他們還是跟著那個人影離開歌喉和群眾，走進了拱道下方的暗影裡。在這裡，神秘的人影將兜帽往後一掀，就像快樂發出金光一樣，她散放著紫色光芒，但並沒有熱度。她的臉龐看起來比快樂還老，也沒有那麼和善。

「妳知道DP在哪裡嗎？」傑克問。

「恐怕不知道，」女人說，「可是國王知道。國王陛下邀請你們兩位到宮殿晚餐，在那裡事情都會解釋清楚。」

「什麼國王？」聖誕小豬狐疑地問，「在下面這邊，掌握大權的是失地魔，這點大家都知道。」

「失物之地由失地魔統籌管理沒錯，」紫色女士說，「可是在想念之城這裡，我們有個皇室家族。我是陛下的使節。假使你們真心想找到你們的小豬，只有國王幫得上忙……有個地方可以遮風避寒，你們至少也會覺得高興才對。」她補充，因為傑克冷得牙齒打顫，聖誕小豬身上依然滲著綠水。

「能暖暖身子也不錯。」傑克承認，但聖誕小豬依然滿臉懷疑。

「失陪一下。」小豬對紫色女士說。

「沒問題。」她回答，雖然神情略顯不悅。

「我知道她看起來不怎麼友善，可是，如果她是快樂派來的，那她一定是好人。」他們稍微拉開距離以後，傑克對著聖誕小豬的耳朵嘟囔。歌喉的聲音還在廣場上迴盪，要讓小豬聽清楚還滿吃力的，不過，至少紫色女士沒辦法偷聽。「ＤＰ可能在宮殿裡面！我這麼愛他，搞不好他們讓他住進裡頭了！也許他變成皇室成員了！」

「我才不信！」聖誕小豬說，潮溼的口鼻在晚間空氣中慢慢結凍，「除了失地魔之外，我從沒聽過下頭這裡有什麼國王。還有，那個女士怎麼知道我們在找誰？我們從來沒跟快樂說過，我們在找ＤＰ！」

「我想，消息大概傳出去了，」傑克說，「我問過眼鏡警長跟棋子啊。」

「我還是覺得有哪裡不對勁，」小豬說，「感覺像是個陷阱。」

「這是頭一次有人說，他們知道ＤＰ的下落！」傑克說，現在生起氣來，「你都聽到詩詞說的話了！我們必須趕在聖誕日以前完成任務，不然我就會被困住，再也沒辦法帶ＤＰ回家！一定沒剩多少時間了！」

聖誕小豬沒回答。傑克說：「好，那你別來——我自己去！」

說完，傑克便轉身大步走回紫色女士身邊。她站在幽暗的拱道理，好似一團燃燒的紫色火焰。背後傳來小豬肚裡的豆子聲，傑克知道小豬也跟了過來。

43 宮殿

紫色女士聽到他們準備跟她一道走，臉上閃過一抹短促的笑容，露出了一口尖牙。接著她帶領他們走向宮殿，背上的黑斗篷在微風中翻飛。

「妳要怎麼通過失物調節員的關卡？」傑克問，他們越來越接近宮殿的金色大門。

「噢，不必擔心他們，」紫色女士面帶高傲的笑容說，「想念之城這裡的失物調節員由國王管理，而我是國王陛下的代表。各位晚安！」她架式十足對削鉛筆機和木槌說，他們鞠躬哈腰，各自拉開一扇門。木槌頭重腳輕，差點往前一摔，還好及時抓住門把，救了自己。

「晚安，閣下。」他們同聲說。

傑克和聖誕小豬跨過宮殿的門檻時，一股美妙的暖意包圍了他們。他們現在站在厚厚的緋紅地毯上，傑克的雙腳瘀青凍僵，覺得地毯感覺好柔軟。黃金扶手樓梯相當宏偉，兩側各有一個大理石壁爐，烈火正熊熊燃燒著。樓梯底部站著傑克在錯置看到的那副鑽石耳環。她們現在似乎受雇為女僕，因為她們接過紫色女士的黑斗篷，鞠了躬，然後扭著身子離開，消失在邊門後面。

「往這邊走。」紫色女士對傑克和聖誕小豬說，開始登上樓梯。

「閣下，請問您的大名？」聖誕小豬說。他們跟了上去，小豬重複剛剛從失物調節員那裡聽到的稱呼。女士既然褪掉袍子了，她的紫光注滿了廳堂。她高眺削瘦，俯看著他們說：

「我叫**野心**。」

「人是怎麼弄丟野心的呢？」傑克將疑惑問出口。

「因為蠢啊，」**野心**冷冰冰說，「我和女主人攜手立下了豐功偉業。她是個政客——或者該說，以前是。她碰上了一個小小挫敗——失去了一點選票，可是那不應該有影響的！」**野心**嚷嚷，突然停下腳步，傑克險些撞上她。她的雙眼噴發火花，傑克一時覺得她好嚇人。「我們原本可以從那次的挫敗站起來，一起登上更高峰的！可是不……她竟然失去了我，那個意志力薄弱的蠢蛋！」**野心**吼道，對著天花板上的尋獲洞揮舞拳頭。

說話的回音從大理石牆反彈回來，似乎讓**野心**平復過來。她深吸幾口氣。「抱歉，」她語氣僵硬說，「我住在這座宮殿這裡已經好幾年了，痴痴等著她再次找到我。有時候我害怕她永遠找不到我了……可是，說這些也沒辦法幫你找到小豬。」

她又開始爬階梯。傑克和聖誕小豬互瞥對方一眼，然後跟了上去。傑克可以看出，聖誕小豬現在對**野心**疑心更重了，老實說，她也惹得傑克緊張起來。不過，傑克並不想回頭，於是盡量裝出開朗、不在意的模樣。

到了樓梯頂端，他們發現那裡有更多雙開門，由一雙堅實的黃金切魚刀負責開門。

「閣下。」他們必恭必敬地嘟囔，**野心**穿過門口走到後頭的房間。傑克和聖誕小豬跟了上去，發出閃光的刀子好奇地盯著他們看。

44 皇室家族

他們此刻步入的空間甚至比大廳還宏偉，有鍍金的柱子和鏡子。拱形天花板上描繪了失物之地的三座城市：用後可拋城的低矮木屋，糟糕不見了城屋頂積雪的整齊小木屋，想念之城的別墅和運河。彩繪天花板下方有張長桌，燭光閃耀，擺了足以給十五樣東西使用的金盤和水晶玻璃杯。桌首放著一張大大的黃金寶座，目前正空著。

另一處的壁爐前方，在翠綠色光球之中，站著非常俊美的年輕人，他正對著壁爐橫架上的鏡子細看自己。他對自己看到的影像一臉滿意。

「晚安啊。」他說，目光並未離開自己的映影，而是左右輪番轉著腦袋，以便看清楚自己的側臉。

「那是美貌，」野心指著那個綠色男子說。「那位呢，」她邊說邊指橘色光球，裡頭站著一個年輕男人，有張圓乎乎的笑臉，「是樂觀。我去向國王陛下稟報賓客已經抵達，這期間他們會負責娛樂你們。」

野心匆匆走出房間，留下傑克和聖誕小豬。他們面對這樣富麗堂皇的空間，既覺得緊張，也自慚形穢。不過，黃金切魚刀替野心關上門的那一瞬間，樂觀滿臉燦爛笑容，朝著傑克和聖誕小豬蹦蹦跳跳而來。圓滾滾的雙眼模樣天真，就像快樂，散放著宜人的暖意。他抓起傑克的手握了握，然後也對聖誕小豬的腳蹄如法炮製，嚷著：「認識你們真好！你們真是討人喜歡的好東西！我覺得我已經認識你們一輩子了！我們來當最好的朋友吧！」

「哈囉。」傑克怯生生說。

「聽說你們在找一隻老玩具小豬？」樂觀說，興奮地上下彈著腳跟。

「對。」傑克說。

「唔，你們一定會找到他！一切最後都會順順利利！你們會很愛我們國王的！他是個非常好的東西——」有那麼一剎那，樂觀的笑容有點動搖，但轉眼又笑得合不攏嘴——「在內心深處啦，知道吧！」

「難道沒人要誇獎我嗎？」美貌憤慨地問，從鏡子前面轉開臉，看著傑克和聖誕小豬。

「噢，呃，是，」聖誕小豬說，「你長得真帥。」

「跟你們兩個恰恰相反，」美貌冷笑著說，目光從聖誕小豬溼透的身體、歪斜的耳朵，移向傑克汙穢的赤腳和沾滿泥濘的睡衣，「你們的美貌一定掉在城裡的什麼地方！還是說，你們原本就沒有美貌可失去？」

說完這番無禮的話之後，他轉回去照鏡子。接著，房間遠端的門開了。靛藍色的光球飄了進來。傑克一時以為那是國王，不過隨著光球越飄越近，他看出是個老態龍鍾的婦人，在光球中央拖著腳步走著。「晚安。」她用高亢破音的嗓子說。

「晚安。」聖誕小豬說。

「這位是回憶。」樂觀說。

回憶瞅著聖誕小豬片刻，然後說：「八十五年前，我的女主人有隻小豬，不過，她的小豬是陶瓷做的，就是我們所謂的『小豬撲滿』。小豬的側面畫著藍色小花，女主人以前都會把零用錢存在裡頭。某個星期天下午，八十四年前的事了，我女主人的妹妹，艾蜜麗亞—露易絲——」

「回憶，」美貌打著哈欠說，「沒人有興趣，沒人在乎。」

「噢，我確定那個故事一定很精采！」樂觀說，依然眉開眼笑。傑克納悶，他一直掛著大大的笑容，臉皮怎麼不會痛。

「——打破了藍色小花的小豬撲滿——」

「這件事我們聽了不下一千遍。」美貌大發牢騷。回憶繼續喃喃說著。

房間遠端的門再次打開。六顆發光的藍球進入房間，每顆光球裡都有個長得一模一樣的男人，各個矮小整潔、模樣嚴肅。他們不可能都是國王吧，傑克心想，越來越困惑。

「晚安，」六個藍光男人異口同聲說，蓋過了回憶的聲音，回憶繼續喃喃唸著小豬撲滿的故事。「我們是原則。」

他們同步鞠躬，傑克不知道該怎麼反應，於是也鞠躬回禮，聖誕小豬也是，肚子裡的豆豆讓爐火熱氣烘乾之後，嘎吱嘎吱響著。

「國王不是要你們待在房間裡嗎？」美貌對著原則在鏡子裡的映影皺起眉頭。

「考量過陛下的命令之後，」原則說，跟之前一樣異口同聲，「我們判定，留在我們的房間裡，等於違反我們自己。」

傑克小聲問聖誕小豬，「原則是什麼？」

原則似乎聽到傑克說的話，因為他們一起回答：「我們就是讓人類表現得誠實又正派的東西。唉，我們的主人——一個商人——在追求財富的過程中，一一失去了我們。他現在是個富有的騙子。他喜歡金錢，可是他並不快樂，因為他知道，他還擁有我們的時候，享有更多的愛和尊敬。無奈的是，失去的原則是最難找回來的東西之一，所以估計我們會永遠住在這裡。所以我們替自己找了份新差事，就是想辦法讓國王走在正直的道路上。」

「國王常常需要你們的幫忙嗎？」聖誕小豬問。

不過，原則還來不及回答，就響起一陣宣告出場的號角聲，他們背後的門打開了。

45 國王

整個餐室現在彌漫著深紅色的光，從水晶酒杯上反彈回來，將餐盤染成了血紅色。深紅色人形站在門口，相較之下，跟在後面走進餐室的**野心**反而顯得黯淡。

美貌、**樂觀**、**原則**都彎腰鞠躬，傑克和聖誕小豬起而仿效，**回憶**深深行了個屈膝禮，終於陷入沉默。

「這位，」**野心**得意地對傑克和聖誕小豬說，「是**權力**，就是我們的國王。陛下，您在等候的就是這兩位，他們在尋找遺失的小豬。」

傑克瞇起眼睛，才能看出投下深紅光線的人影。他身材魁梧，相貌兇狠，表情煩躁，下顎突出。

「歡迎，」國王用渾厚的聲音說，「你們覺得我的城市如何啊？喜歡嗎？」

「非常美麗，陛下。」聖誕小豬說。傑克嚇得說不出話。

「美麗？」權力說，似乎很不滿意，「很多地方都很漂亮。我認為我的城市氣派非凡，不同凡響，無與倫比！」

最後幾個字他扯著嗓門說，大家都嚇得彈起來。

「說的也是！」聖誕小豬尖聲說。

權力轉而面對原則。

「我還以為，」他吼道，「我要你們待在自己的房間裡？」

「待在房間裡，就是違背我們自己。」原則重複一遍，跟之前一樣異口同聲說。

權力將巨大的手握成拳頭，咬牙切齒。傑克和聖誕小豬往後退開一步。

「陛下，」野心喃喃低語，一手搭在權力粗壯的臂膀上，「懇求您謹記我們的目標。」

她的碰觸似乎讓權力轉了念，不再對原則大吼大叫。

「妳說得沒錯，野心。大家都坐下！」國王中氣十足說，大步邁向桌首，在寶座上坐定。

傑克在聖誕小豬和美貌之間入座，美貌現在正用啵亮的湯匙背面，欣賞自己的容貌。**樂觀**坐進了傑克對面的座位，跟之前一樣笑容可掬。

「不用緊張！」**樂觀**越過桌子呼喚，「我知道一切都會很順利的！」

「很好，」**權力**低吼，回應**野心**剛剛在他耳邊小聲說的話。連他普通的說話音量都大到震得餐具喀啦響。「門鎖上了嗎？」

「等僕人確定她上床就寢之後，就會鎖上，」**野心**說，「至於另一位……唔，我恐怕不清楚她的去向。陛下也知道，她總是擅自溜到骯髒的角落，都是些正常東西不會去的地方。我要失物調節員試著追捕——我的意思是，試著找到她。」她糾正自己，匆匆瞥了傑克一眼，「可是唉，一直沒有結果。」

傑克推測，**權力**和**野心**談的是應該坐在桌邊兩個空位的東西，但是他怕得不敢問問題。

權力現在舉起大手拍了兩下，旋即有東西列隊端著餐點，匆匆忙忙穿過僕人的門走來，餐點的組合相當古怪。

有一片薄荷葉跟傑克腦袋一樣大、幾片巨型洋芋片、一塊大如枕頭的生日蛋糕、幾顆花椰菜大小的爆米花。而這當中最大的，就是聖誕樹的巧克力掛飾，裹在彩色錫箔紙裡，形狀像是胖胖的聖誕老人。方糖夾子負責捧著這個飾品，費盡力氣將它抬上餐桌時，哀叫了一聲。

「這裡的餐點當然都是遺失的食物。」國王用宏亮的聲音對傑克說。那些負責端餐點來的東西再次跑出餐室。「我們東西並不需要進食——可是你會想吃吧，」他怒瞪著傑克說，「因為你，是個活人男孩！」

46 權力的計謀

權力吼出「活人男孩」這個字眼的當兒，響亮的金屬喀答聲從餐室兩端傳來。傑克意識到，外頭的僕人剛剛鎖上了門。

「我們就怕會發生這種事。」原則同聲嘀咕。

「他不是活人男孩，」聖誕小豬尖著嗓子說，「他是動作公仔！」

「沒錯，」傑克說，感覺自己口乾舌燥，「我是睡衣男孩，擁有睡眠和做夢的力量。」

「他有自己專屬的卡通！」聖誕小豬說。

「我們並不贊同說謊。」原則齊聲說。

「八十年前，」回憶突然開口，「我女主人的妹妹，艾蜜麗亞—露易絲說謊被逮到，當時——」

「安靜！」權力大喊，巨大的拳頭猛搥餐桌。一只水晶酒杯倒下來，撞出裂縫。回憶再次陷入沉默。權力站起身，散放更深更暗的紅光，圍坐餐桌的所有東西都一臉緊張，除了野心之外，她的雙眼再次迸出火光，咧嘴笑開，露出尖牙。

「你可知道……」權力盯著傑克說，聲如雷鳴，「我為什麼會在這裡，在失物之地嗎？」

「不知道。」傑克細聲說。

聖誕小豬在餐桌底下伸出腳蹄，握住傑克的手。

「我的主人，」權力說，開始來回踱步，「之所以失去我，」用大拳頭猛捶另一手的掌心，「都是因為他沒狠狠鎮壓敵人！」

「我們當初一起統治整個國家！為了保住我，我的主人必須要求人民……」權力大聲喊出這個字眼時，皺起自己的臉，充滿嫌惡和恨意，「……安分守己，也就是說，要他們卑躬屈膝！」他吼道，閃亮的紅眼裡有一絲瘋狂的神色。「不過，後來，」他怒吼，「有個像你這樣的男孩公然挑釁我的主人！而那個孩子，」權力吼道，「給了人民起而造反的勇氣！」

權力的怒吼竄升到尖叫的地步。「結果我就被吸到下頭這裡，到了失物之地！」

「權力，親愛的，」美貌說，「別再吼了。除了很吵之外，也會害你變成醜八怪。」

「所以你把我們騙來這裡，就是為了報復活人男孩？」聖誕小豬問，依然在桌底下緊抓傑克的手。

「當然不是！」野心譏笑，「我們對瑣碎的報復才沒興趣！我們的目標是不計一切爬得更高，獲得更多威望，爭取更大的成就——」

「擴張我們的權柄！」國王大吼，「我們知道你們在尋找什麼：叫做DP的——」

「他在哪裡？」傑克急切地問，「你知道嗎？」

「知道，我知道！」權力尖叫，「可是你們永遠無法找到他，永遠無法。因為我要把你們交給失地魔！作為交換，他會獎勵我，有野心作為我的王后，我的統治版圖會更大，到最後，我的權柄會跟失地魔不相上下。」

「鎮定，陛下，鎮定，」野心說，瘦巴巴的手又搭在權力的手臂上，「要記得，我們必須經過投票才能進行下去……現在聽著，你們大家，」她對著美貌、樂觀、回憶和原則說，「如果我們把這兩位交給失地魔，他可能會給我們東西作為回報。也許是更宏偉的宮殿，裡面有更多鏡子——」她瞥了瞥美貌，「或者約法三章，保證他永遠不踏進這座城鎮來！對於誰可以進想念之城來，我們甚至可以握有發言權！偶爾總會有低於我們標準的東西被送來……你們肯定都記得那個邋裡邋遢的詩詞，還有那個惹人厭又粗鄙的假面吧？美貌，你投誰一票？」

「你們也知道，我很擔心弄到最後會變成一場混戰，」美貌邊說邊站起來，「我可是從來不打架的。頭髮會弄亂，而且要是情勢越演越烈，牙齒都可能被打斷呢。我要上床就寢了。不必管我，你們自己投吧。」

「你哪都不准去，」權力怒吼，「門都鎖上了。投票，不然我打得你滿地找牙。你想把他們交給失地魔嗎？想或不想？」

「噢，唔，如果那表示會有更多鏡子，想。」美貌嘆口氣，又坐下來。

他拿起湯匙，繼續欣賞自己的映影。

「回憶，親愛的，」野心說，「我們應該把這些逃犯交給失地魔，妳一定同意吧？」

「六十九年前，」回憶用高亢分岔的嗓子說，「我的女主人和她妹妹，艾蜜麗亞—露易絲去看一部叫《逃犯》的電影——」

「回憶，專心點，」野心斥道，「我們正在投票。我們該把這些逃犯交給失地魔嗎？該或不該？」

老太太散放著靛青色光芒，將目光轉向傑克和聖誕小豬。一陣久久的沉默。接著她說：「不應該。他們沒有阻止我回憶過去，我喜歡他們。」

「謝謝妳，回憶。」聖誕小豬低聲說，依然在桌底下緊抓著傑克的手。

「妳呢？樂觀？」權力質問。

「我都跟他們說過，一切都會順順利利的了！」樂觀說，嘴唇顫動，「我跟他們說過，你人又好又善良，權力！」

「投票就是了！」權力大聲說。

「唔，那我投反對票，」樂觀說，微微啜泣，「權力，我確定在你內心深處——很深、很深的地方——還存有一絲善良。要是你把事情仔細想過，就會改變想法，讓他們跟我們一起在宮殿裡生活！」

「閉嘴！」權力大吼，「那你們呢？原則？這兩位觸犯了失物之地的法律，你們明白吧？這裡是嚴禁生者進來的！」

「確實，」原則說，照常全部一起開口，「我們不贊同違反法律。」

「那麼你們投贊成票嘍？」野心熱切地問，但原則還來不及回答，就傳來幾個金屬喀答聲，有個熟悉的人聲從餐室末端傳來。

「為什麼把我鎖在房間裡？」

快樂走了進來，強烈的金光注滿了餐室。

47 最後兩位客人

快樂走進餐室，在四周灑下金光。「我——我以為您在漫長的旅程過後，需要休息一下，殿下。」**野心**緊張地說，行了個屈膝禮。「我想，您今天才到，不會想在當天晚上就被這點乏味的事情打攪。」

「妳是怎麼**出來**的？」**權力**質問，「說到這個，妳又是怎麼穿過**那些**門的？」

「我開了鎖啊，」第二個人聲說，「你很清楚，沒有門鎖限制得了我，**權力**。」

傑克沒注意到走進餐室的第二樣東西，因為**快樂**的光輝讓他一時什麼也看不見。不過，他現在看到，是個跟**野心**一樣高䠷的女人，雖然身體壯碩得多。她非常美麗，但散放的粉紅柔光不如其他東西明亮。跟其他皇室成員不一樣的地方是，她有翅膀：不是荒地上破碎天使那種金色塑膠、僵硬直挺的翅膀，而是遍布羽毛的寬闊翅膀，羽色從白色漸進到深粉紅，裙襬似的拖在背後的地板上。

「能再見到你們兩位真好。」快樂說，對著傑克和聖誕小豬微笑。「這位，」她指著同伴說，「是我朋友希望。」

粉紅女士也對著傑克和聖誕小豬微笑，儘管他們膽戰心驚，但還是報以笑容。希望和快樂坐進桌邊的最後兩張椅子裡。

「聽說你們正在投票，決定是否要把我們的客人交到失地魔手裡，」快樂說，「請繼續，我們很高興能夠參與。」

「很好，」野心說，「這個活人男孩和他的小豬為了追尋一個不可能實現的目標，觸犯了法條。讓失去的東西回到生者之地的唯一方式，就是在上頭被找到。而既然DP永遠無法在上頭被找到——」

「為什麼不行？」傑克問。

「因為有輛貨車在公路上碾過他，」野心說，漾起殘忍的笑容，「在生者之地上頭那裡，你的DP只剩下幾粒散落的豆子和一點絨毛布。他沒辦法被找到，所以他會繼續跟我們在一起，永永遠遠。」

「不，」傑克低語，「我不相信，不可能是真的。」

可是就在他說出口的剎那，他想起外公找完ＤＰ、回到車上時，對外婆微微搖了搖頭。

「你還是可以把他找回來，」聖誕小豬狠狠地說，「依然在桌底下緊抓著傑克的手，「傑克，你一定可以救出ＤＰ的，我保證。」

「說得好，小豬，」希望說，「野心都忘了，在上面的生者之地，今天晚上是什麼日子。」她轉向國王，說了下去。「這兩位英勇地闖進失物之地，期盼實現不可能的目標，而今天晚上，正是奇蹟和翻轉敗局之夜，他們是有機會的。」

「他們有資格享有這個機會，」快樂說，「我投票反對將他們交給失地魔。」

「我也反對。」希望說。

「那麼，」野心說，將手搭在權力的胳膊上，因為國王看起來彷彿又要因為怒火而爆炸，「我們有三票是要將他們交給失地魔，有四票反對。投票的最終結果就看原則了。」

野心轉向六個一模一樣的小藍人。

「這兩位違反了法律，這點你們同意嗎？」

「是。」原則說，照常異口同聲。

「可是將活人男孩交給失地魔，等於是謀殺，是最卑劣的罪行！」聖誕小豬說。

「這也是真的。」原則同聲說。

「我只是想找回ＤＰ！」傑克心急如焚說，「我從來就沒有要破壞什麼的意思！」

「你們怎麼投？原則？」野心催問，不理會傑克，「謊話連篇，破壞規定，違背失物之地的古老法律，這樣的傢伙該怎麼處置？不管他們的動機是什麼，你們難道不覺得，既然他們屬於失地魔，就該由失地魔來定奪，看怎麼懲罰他們才合適？」

「是，」原則裡有三個說，但剩下的回答，「不。」

「七比六──我們贏了！」傑克對聖誕小豬低聲說，可是就在那一刻，權力急忙站起身。

「我要投票──剛剛的投票結果不算數！」他怒吼，將巨大的薄荷葉掃到地上，齜牙咧嘴，握緊拳頭。美貌慢慢縮進桌底下，躲得不見人影，順手帶走了閃亮的湯匙。回憶喃喃說起艾蜜麗亞—露易絲的事，但是沒人聽到內容，因為權力現在放聲狂吼：「失物調節員！把這些東西帶去給失地魔！」

48

逃離

聽到這些話，餐室兩端的門猛地打開，鏗鏗鐺鐺，乒乒乓乓，一大群失物調節員衝了進來。從離開錯置以來，傑克就沒見過這麼大批的失物調節員。有剃刀、剪刀、鉗子、刀子、鐵絲剪、鑿子、大木槌，全都戴著宮殿守衛那種插有羽毛的黑帽。傑克和聖誕小豬趕緊從椅子跳下來。傑克抓起幾顆爆米花，準備當武器丟，聖誕小豬撿起那片巨大的薄荷葉。

「**抓住他們！**」**權力**狂吼。傑克一時確定，他們會被逮捕並且帶到失地魔的巢穴，他再也見不到媽媽或DP了。

不過，就在那時，令傑克驚訝的是，他感覺到有隻溫暖強壯的手臂摟住他，也聽到揮擺翅膀的巨大聲響。他感覺自己升入了空中，遠離下面那些金屬東西的嘶吼跟碰撞。**希望**以一條手臂摟住傑克，另一條手臂攬住聖誕小豬，此時正鼓動著寬闊的翅膀，飛越餐室。**權力**暴跳如雷，怒聲尖叫。**快樂**增強她令人炫目的光芒，讓負責追捕的東西摸不清方向。**希望**飛過餐室盡頭的雙開門，然後沿著陰暗的走道前行。

「我們要去哪裡？」傑克問。飛翔的時候，他緊抓希望的臂膀，失物調節員在後面鏗鏗鐺鐺，窮追不捨。

「去DP那裡，」希望說，「他住的地方我進不去，失物之地裡最寶貴的東西才能踏進那裡。大半的路程我都可以帶你們走，但最後一段路你們得自己來。把牆壁上的織毯拉下來！」她追加一句，傑克伸出手扯了扯。笨重的織毯脫離牆面，在他們背後翻騰。織毯沉甸甸，傑克得使出所有的力氣才抓得住。織毯稍微拖慢了他們前進的速度。傑克可以聽到失物調節員的吼叫和碰撞，心想他們似乎快追上了，但希望沿著迴旋梯往上飛，織毯拖在背後，最後抵達一扇鎖上並拴好的門。

傑克確定他們被困住了，可是希望逕自朝那道門飛騰而去。門栓自動往後彈開，門猛地開啟，他們飛到了外面的落雪之中。

「動作快，」希望說，降落在宮殿的黃金屋頂上，將傑克和聖誕小豬放下來，「你們用那條織毯裹住自己，這樣帶你們上路會比較輕鬆。這趟旅程會很冷，而且你們的身體早就溼了。」

傑克和聖誕小豬用厚厚的織毯裹住自己。希望再次展開她強壯有力的翅膀，抓住織毯，再次升騰入空，在下方像吊床似地帶著他們。

透過厚厚的織毯，傑克可以聽見失物調節員跟在他們後頭衝上了屋頂，憤怒叫囂，也聽到權力吼著，「回來！把他們帶回來！」

但是希望繼續飛翔，不久，吶喊的聲音逐漸遠去，最後完全聽不見。現在，他們唯一能聽見的聲音，只有希望鼓動著壯碩寬闊的翅膀。

49 希望的故事

織毯雖然蒙著灰塵，但傑克和聖誕小豬互相依偎，窩在裡面覺得相當舒適。逃離權力宮殿的過程驚心動魄，傑克覺得，聖誕小豬用腳蹄摟著他，很有安定心神的作用。他甚至不介意聖誕小豬身上泡過運河水的潮溼氣味。

脫離險境之後，傑克才徹底領悟到，他終於要去找DP了，而在興奮之餘，他掐了掐聖誕小豬。「我們就快成功了，」傑克說，「剛剛在那邊我好怕，你怕不怕？」

「很怕啊，」聖誕小豬說，「我們應該向希望道謝。要是沒有她，我們現在就在往失地魔巢穴的路上了。」

「我知道，」傑克說，然後扯開嗓門說，「希望，真是謝謝！」

「不客氣，」她的聲音從他們上方傳來，「你們坐得還舒服嗎？」

「很舒服。」傑克說。

「對妳來說，我們會不會太重？」聖誕小豬問。

「噢，不會，」希望說，「我提過比你們重得多的東西。」

「希望，妳是怎麼弄丟的？」傑克問。

「說來恐怕滿感傷的，」希望說，壓過鼓動翅膀的聲音，「我的主人在監獄裡。」

「監獄？」傑克倒抽一口氣，「妳主人做了什麼事？」

「沒做錯什麼，」希望說，「相反的，她做的是好事：抗議一個跟權力非常像的統治者。那個統治者非常憤怒，把她關進監牢，謊稱她違反了法律。法官太膽小，不敢違背總統的意思，所以我的主人目前跟其他十個人困在牢房裡，那裡的食物不夠吃，也幾乎沒有空間可以躺下。」

「太糟糕了！」傑克說。

「確實，」希望附和，「目前，她看不出事情會有任何轉機，因為當局告訴她，她要坐牢二十年。她聽到刑期這麼久的時候，就失去了我。不過，她會再找到我的，而且會比她想的還快。」

「妳怎麼知道？」傑克問。

「在監獄牆外，她有很棒的家人和很多朋友，」希望說，「等她意識到，他們正在為她的自由努力奔走，她會再次找到我。我會幫助她承受現況，雖然很糟糕。我的光芒可能不如我朋友快樂那樣耀眼，但我的火焰更難熄滅。」

希望帶著傑克和聖誕小豬往前飛，他們在織毯裡輕柔地來回搖晃。傑克開始覺得昏昏欲睡。不久之後，他覺得自己聽到了新的聲音，像是某種沉睡中的巨獸在呼吸，也聞到了有點熟悉的氣味。他稍微調整一下自己的姿勢，從織毯邊緣望出去。在遠遠的下方，他看到了海洋，跟上方的夜空一樣黝暗。雪依然下個不停，傑克可以看到希望淺色的寬闊翅膀，在海浪中映出倒影。

「我們要去哪裡？希望？」傑克問。

「到摯愛之島，」希望說，「大陸上只有很少的東西知道它的存在。真正被愛的東西從來不會從島上被移走，所以住在那幾座城市裡的東西從沒見過他們。可是我知道有這座島，因為我飛行的時候曾經路過。你們現在應該睡個覺，因為路程很遠。等你們必須自己走的時候，我會叫醒你們。你們表現得很好，會趕在聖誕日之前完成任務的！我想，你們至少會在午夜前的一個鐘頭回到家！」

所以傑克扭著身子縮回織毯裡，閉上眼睛，讓自己的臉貼在聖誕小豬身上。「**野心**跟我們說了那麼多謊，說我沒辦法把DP找回來！」他對著聖誕小豬潮溼的耳朵呢喃，「我也想謝謝你，CP。要是沒有你，我永遠沒辦法把DP找回來。」

「不必謝啦，」聖誕小豬說，聲音出奇地模糊，「現在快睡，你聽到希望說的了，我們還有很長的路要走。」

傑克合上眼睛，再次掐了掐聖誕小豬，摸到熟悉的肚中豆，吸進髒得令人滿意的氣味。不久，傑克開始昏昏欲睡，墜入夢鄉前，嘴唇嚐到了溼溼鹹鹹的味道，知道自己一定是夢到了大海，在遠遠、遠遠的下方。

第七部

摯愛之島

50 摯愛之島

好幾個鐘頭之後，希望將傑克喚醒。「傑克，時候到了，」她說，「準備好，我怕你會弄溼身子，可是我沒辦法再帶你走更遠！」

傑克幾乎睜不開眼睛，因為從織毯兩端流洩進來的光線，就跟快樂一樣亮得太過耀眼。織毯本身變得好熱，他的睡衣暖烘烘，又乾了，連雙腳都很暖和。他發現，他們來到了一個陽光燦爛的地方。

「準備好了嗎？」希望呼喚，「雙腳先出來，往下跳的距離不會太遠，我已經盡可能飛到最近的地方了！」

「來吧，CP！」傑克說。

「你先走。」聖誕小豬說。傑克猜小豬不會游泳，所以不大敢往海裡跳，於是說：「你碰到海水的時候，我會在，CP，不用擔心！」

傑克扭著身子從織毯吊床底部鑽出來，海水的氣味前所未有地濃烈，腳丫可以感覺到陽光的熱度。他深吸一口氣，然後往織毯外頭使勁一跳。

有如希望承諾的，掉落的路程並不長，幾秒鐘過後，他就站在清透如水晶的海水裡，水深到膝蓋，海水暖得跟洗澡水似的。他環顧四周，看到一座美麗的島嶼，棕櫚樹隨風款擺，滿地柔軟的白沙。晴朗無雲的天際是淡紫色的，布滿了許多的尋獲洞。有一大群老玩具衝出來看發生什麼事，帶頭在沙灘上朝他跑來的，正是DP。

「DP！」傑克喊道，開始又哭又笑，「DP，是我！」

DP正是他一直以來的模樣：灰撲撲、耳朵歪扭，鈕釦眼睛。DP奔越海灘、踩進海水，笑得合不攏嘴。傑克大大展開手臂，嘩啦啦涉水前行。DP的鈕釦眼睛滲出淚水，接著他們來到對方面前。一個男孩和玩具可以抱得多緊，他們就抱得有多緊。傑克吸進DP混雜了床鋪、花園和媽媽的一絲香水味，就在她給DP晚安吻的地方。

「DP，我找到你了，我找到你了！」傑克啜泣。老小豬後面跟著一百個破舊的老玩具，他們齊聲歡呼，拍著手掌、腳掌和腳蹄，有一隻小小的海鸚鵡玩偶還翻了個筋斗。「一切又都好起來了！荷莉把你丟出去，我氣炸了。知道你孤孤單單在公路上，我實在受不了，就大吼大叫，把房間弄得亂七八糟——」

「我知道，傑克，我知道，」ＤＰ說，輕拍傑克的背，「可是現在都沒事了。你找到我了！進來我家吧！」

ＤＰ舉起破舊的腳蹄，攬住傑克的肩膀，領著他離開海水，踏上海灘。所有旁觀的那些摯愛東西繼續歡呼不斷。

「我住那邊，」ＤＰ說，指著一間黃色海灘小屋，「跟某個你認識的東西在一起。」

看到老衛生紙捲天使正從窗戶往外探，傑克好訝異。天使蓄著鬍子的臉龐笑容燦爛。

海灘小屋裡面明亮無比、空氣流通，從窗戶望出去可以看到美麗的海景和棕櫚樹。

「這裡好舒服喔，ＤＰ！」傑克說。

「對啊，」ＤＰ說，「還記得我們的老朋友，衛生紙捲天使吧？」

「記得啊！」傑克說，「可是我以為……以為你被小狗托比吃掉了。」

「是啊。」衛生紙捲天使說。他說起話來像唱歌似的，很悅耳。「他把我扯個粉碎，在上頭的我只剩下一點毛線。如果你仔細看，就會在你第二大件禮物下面找到。」

「可是……我不懂，」傑克說，「你明明在這裡。」

「對，喚活的那個部分，是在這裡沒錯，」衛生紙捲天使說，「媽媽很愛我，所以我可以永遠在摯愛之島住下去。」

「可是那麼……」傑克說，轉向DP，腦袋突然浮現一個可怕的念頭，「那是不是表示……DP，野心跟我說，你被貨車碾過！」

「那恐怕……恐怕是真的，傑克，」DP靜靜地說，「外公在上頭冒著風險想把我撿回去，可是有一輛貨車開過來，把我碾了過去。外公親眼看到我爆開。現在，在生者之地，我只剩下幾粒豆子跟一點髒髒的碎布。」

「可是你在這裡啊，」傑克說，「我摸得到你！感覺得到你！也聞得到你！」

「是啊，」DP說，帶著傑克走到橫紋沙發，在他身邊坐下，「是你讓這件事情發生的，因為你那麼愛我。你知道嗎？這座島對我來說是個熟悉的地方。受到深愛的東西一弄丟，就會直接掉在摯愛之島上。我們甚至不用經過錯置！我在這裡早就有認識很多年的朋友，因為，」DP的老鈕釦眼睛閃閃發光，「唔，你常常把我搞丟，你也知道，傑克。」

「失地魔從來不會來這邊嗎？」傑克問。

「從來不會，」DP說，「他不能進這座島來。即使他進來，也傷害不了我們。人類對我們的愛，讓我們永存不朽。」

「可是如果貨車把你碾爆了，我要怎麼帶你回家？CP保證過，我可以把你找回來的！」

現在，DP和衛生紙捲天使互看一眼，神情嚴肅。

「唔……我兄弟說得沒錯，」DP說，「如果你真的想要，你今天晚上是可以把我帶回生者之地沒錯。上頭那裡還是聖誕夜：奇蹟和翻轉敗局之夜。不過——」

「CP，我們辦到了！」傑克嚷嚷，轉身去看聖誕小豬。

可是聖誕小豬不在那裡。

51 真相

「CP?聖誕小豬?他去哪了?」傑克問，環顧室內，然後從沙發上跳起身，衝到窗戶那裡。「他跟在我後面跳進海裡，不是嗎?噢，糟了——」傑克倒抽一口氣，「——他該不會溺水了吧?水不是很深，我以為他很安全!」

現在仔細回想，傑克並未聽到聖誕小豬在背後落水的嘩啦聲，他當時全神貫注於DP在海灘上的身影。他望出窗外，看到空中有個東西，模樣像是一隻巨鳥，從島嶼越飛越遠，頓時明白那就是希望，正要返回大陸去，捲起的織毯還在她下方擺盪。

「聖誕小豬不能進來這邊，傑克，」衛生紙捲天使用唱歌般的聲音說，「這裡是專門給在生者之地那裡，深受喜愛的東西。」

「可是他為什麼要飛走?」傑克問，突然害怕起來，「我必須帶他回家，我答應要把他交給荷莉的!」

「傑克，」DP說，再次用腳蹄摟住傑克的肩膀，「我兄弟一直知道，他沒辦法跟你回到生者之地。既然我的身體在上頭已經被摧毀了，我能離開失物之地的唯一辦法，就是用像我一樣的玩具，來補足失地魔手上的失物總數。聖誕小豬決定頂替我的位置。每個東西都知道這種事情怎麼運作——只是我從沒聽過，有東西自願這麼做。」

「他為什麼要這樣？」傑克低語，「為什麼？」

「他希望你快樂。」DP說。

「怎麼可能啊，」傑克用細小的聲音說，「我把他砸到衣櫥上，用力踩他。我——我還想把他的腦袋扯下來。」

「他明白你做那些事情的原因，」DP柔聲說，「他是個替代品。替代品一喚活，打從一開始就對主人的一切瞭若指掌。關於你的事情，只要是我知道的，他全都曉得。他一直很愛你，就跟我一樣。」

「可是——可是他為什麼不跟我說？」傑克低語，眼睛再次盈滿淚水，「他假裝可以跟我一起回去！還要我答應把他交給荷莉！」

「他之所以說這些小謊，是因為他不希望，你對他要做的事過意不去，」DP說，「CP是隻謙虛的小豬，從一開始就明白你的心意。他相信，對你來說，他永遠沒辦法取代我的地位。所以他決定犧牲自己，因為對他來說，你的快樂比他自己的快樂還重要。」

「他應該先告訴我的！」傑克說，感覺喉嚨堵堵的，彷彿卡了個跟水蜜桃籽一樣硬的什麼，「我以為我們可以一起回家去！我以為我還看得到他！他回大陸去以後要做什麼？」

「到荒地上去，」DP靜靜地說，「如果要放我自由，那麼聖誕小豬就必須在失物之地代替我。他打破了規矩，還不只一次，是很多次，現在，凡是對他伸出援手的東西，肯定都會被吃掉。他一直知道，如果要拯救我，他自己到時就必須面對失地魔。我怕……我怕他時間不多了。」

傑克轉身回去面對窗戶，淚水模糊了雙眼。這時，希望在地平線上已經成了一個小點。

「他應該先告訴我的！」傑克又說一遍，淚水淌下臉頰，「竟然沒先跟我說，不公平！」

他想起失地魔的探照燈掃過荒地的情景，還有聖誕小豬說過的可怕故事，關於失地魔怎麼吸光東西的喚活部分。

那就是人類所說的死亡。

傑克踉踉蹌蹌走回DP的橫紋小沙發，坐下來哭了又哭。「我不想要這樣！」他啜泣，「我從來就不希望他被失地魔抓走！」

「我知道你不想，傑克。」DP說著便在傑克身旁坐下，用腳蹄摟住他。衛生紙捲天使坐在傑克的另一邊。他沒辦法用手臂摟住傑克，因為他沒有手臂，但他一臉悲傷，發出深深的嘆息。

傑克忍不住想起自己跟聖誕小豬共同經歷過的一切，想起聖誕小豬一直假裝不大喜歡他。現在他才明白，CP是為了不想讓他在這一刻覺得有愧疚感。他想到，CP腦筋動得飛快，帶他逃出碾壓狂的魔掌。還有，他在救起CP之前，CP的小小口鼻怎麼沉進想念之城的綠色河水裡。現在他終於明白，昨晚在織毯裡嚐到的，其實是CP的淚水。對於前往摯愛之島，傑克如此興奮和開心。而CP之所以哭泣，是因為知道那是最後一次見到傑克。等他們抵達摯愛之島，就必須永遠分別。

傑克一直以為，只要找到DP，自己就會再開心起來，可是他現在一點也不開心。他太慢才領悟到，他已經愛上了CP，不是覺得CP能取代DP，而是兩種不同的愛——為了CP的勇敢和善良。在那一刻，傑克真正體會到喚活是什麼感覺，因為他明白自己該做什麼。

「DP……我必須去救CP。」

DP漾起笑容，皺起口鼻的模樣跟CP相同。「我就希望你會這麼決定，傑克，我很高興。」

「你能——能不能跟我一起去？」

「你知道我不能的，傑克，」DP靜靜地說，將灰撲撲的老腳蹄搭在傑克的手上，「你只能帶我們其中一個回家——不過，如果你救了CP，我在這裡會很安全，永永遠遠，在這座美麗的島嶼上。這是個美妙的地方，我每天都會想起你，因為有你愛我而覺得非常感激。」

傑克用力抱住他最老的朋友。他一直那麼需要DP，而且都這麼久了，感覺不可能放DP走。可是就在那時，傑克想起了CP，想到CP現在多麼需要他，於是他放開DP，淚眼婆娑說：「我要怎麼回到荒地？希望都離開了！」

一時片刻，誰也沒說話。接著衛生紙捲天使突然開口：「我想，有個我認識的人可以幫忙，跟我來。」

52 出名的朋友

傑克和DP跟著衛生紙捲天使走出面向海灘的房子，進入了下方的城鎮。摯愛之島上的建築全都漆成冰淇淋的色彩，街道整潔無比，其他的老玩具——這裡似乎沒有其他種類的東西——在他們路過的時候微笑打招呼。DP似乎有很多朋友，這裡完全沒有失物調節員。他們路過掛著貝殼和海星的聖誕樹，商店在賣桶子和沙鏟，還有一個小市場，可以在那裡買海灘球和太陽眼鏡。甚至還有個美容沙龍，舊玩具如果毛皮裂開，眼珠子脫落，可以到那裡修補縫合，在那裡擔任醫生的是娃娃和泰迪熊。

「到了，」衛生紙捲天使終於說，指著一棟木造大房子，就在城鎮中心。門上的標示寫著：「洞室」。因為傑克縮成了DP的大小，而那扇門卻是人類世界的大小，他根本搆不到門鈴。

「誰住這邊？」傑克問。

「等等就知道，」衛生紙捲天使說，「你們兩個要負責敲門，我沒有手臂。」

「對喔，真抱歉，」傑克說，「我做你的時候才四歲。」

於是傑克和DP猛搥門的底部，可是只有傑克敲出了聲音，因為DP的腳蹄太軟了。

傑克可以聽到門的另一邊傳來腳步聲：腳步很響，彷彿是巨人踩出來的。門終於開了個縫。

聳立在他們上方的，是個鬍鬚花白的老先生，穿著白背心和深紅色長褲。

「聖誕老人？」傑克吃了一驚，「你在這裡做什麼？」

「呃……」聖誕老人說，似乎一時不知該說什麼，「唔……東西們也值得享受聖誕節啊，所以我──我在這裡保留了一間度假小屋。不過，活人男孩竟然來到失物之地？要不是親眼看見，我絕對不會相信──老實說，我本來覺得不可能！」

「只有今天晚上才可能，」傑克說，「如果在上頭那裡還是聖誕夜的話？」

「是的，」聖誕老人查查手錶並說，「是，大概還有一個鐘頭。」

「謝天謝地，那麼，拜託，」傑克說，「能不能幫我一起救救聖誕小豬，這樣我才能帶他回家？他去了無人悼念失物荒原，我必須把他從失地魔的手中救出來！」

「啊，」聖誕老人說，捋了捋鬍鬚片刻，然後嘆口氣說，「我恐怕沒辦法保證可以成功。」

「噢。」傑克說，咬著嘴脣，免得又哭出來。

「是這樣的，我不能踏上那片大陸，」聖誕老人解釋，「我和失地魔——唔，說來複雜。我付出，他奪取。在上頭那裡，我幾乎可以隨心所欲。可是在下頭這邊，只有他才能隨心所欲。我可以用雪橇載你飛到無人悼念失物荒原，因為我不能降落。我一到就必須離開。你確定你不想回到家裡的床鋪上嗎？這樣會安全得多，而且我三兩下就辦得到喔。」

「不，」傑克搖著頭說，「我必須救聖誕小豬。」

「你是個非常勇敢的小男孩，」聖誕老人說，「既然如此，我來準備雪橇，稍等一下。」

聖誕老人回到屋裡，關上門。傑克、DP和衛生紙捲天使站在陽光中等他再度出現。他們之間彌漫著某種古怪的氣氛：傑克依然強忍著淚水。他明明有好多話想對DP說，卻什麼也說不出口。

最後，他們聽到了腳蹄噠噠噠、挽具叮噹響，聖誕老人繞過木屋轉角，現在已經戴好帽子，穿上外套和靴子，牽著拉雪橇的八頭馴鹿，雪橇上高高堆滿了禮物。路過的玩具們一看到雪橇，更不要說看到戴帽穿靴全副武裝的聖誕老人，全都擠在四周，目送他起飛。眾目睽睽之下，傑克覺得更難把自己想跟DP講的話說出口。

「準備好了嗎？傑克？」聖誕老人問。

他轉向衛生紙捲天使。

「我們會想念你在樹頂上的模樣。」

「謝謝你，傑克，」天使用歌唱般的語調說，「我也會想念站在那裡。」

傑克轉向DP。

「真希望你也可以一起回家。」傑克低語。

DP最後一次用腳蹄繞住傑克的脖子，傑克吸進小豬身上骯髒的氣味，揉雜了躲藏的地方、毯子底下的溫暖洞穴、一絲媽媽的香水，就是她送上晚安吻的地方。「失去是活著的一部分。」DP對著傑克耳語，口鼻蹭著傑克的頭髮，「不過，我們當中有些東西即使遺失了，也繼續活著。那就是愛的威力。我永遠都會在這裡，在摯愛之島上。當你擁抱聖誕小豬，也等於是擁抱我，因為我們是雙胞兄弟。傑克，他感覺到的一切，我也感覺得到。可是，如果你想救他，」DP說下去，「你動作一定要快。在荒地上的所有東西裡，失地魔最想獵捕到手的，莫過於聖誕小豬，殺雞儆猴，作為警告，免得以後再有替代品企圖欺騙他。」

「再見，DP。」傑克說，放開他最老的朋友。

傑克現在如此矮小，聖誕老人必須動手將他提到雪橇上。

「看到你住的地方，我很高興，」傑克往下對DP呼喚，再次抹著淚水，「我一直都知道你很愛海灘！」

「是啊！」DP說，鈕釦眼睛跟傑克一樣濡溼，「祝你好運，傑克，請向我兄弟傳達我的愛！謝謝他的努力！告訴他，他是史上最棒，也是最勇敢的小豬！」

53 雪橇旅程

雪橇開始移動，更多玩具從房子裡衝出來旁觀。馴鹿開始奔馳，暖風吹過了傑克的頭髮。他回頭望去：ＤＰ和衛生紙捲天使變得越來越小，接著，挽具叮噹一響，灼熱的空氣襲來，雪橇便起飛了。傑克看著摯愛之島在他們下方逐漸縮小。不久，在遼闊的蔚藍海洋裡，島嶼只剩下一個小小金點。

因為傑克的大小依然跟玩具一樣，聖誕老人除了體型比他大得多之外，也是他所見過名氣最大的人，這點讓傑克張口結舌。幸運的是，聖誕老人不需要別人催促，就有不少話要說。

「我把你放下來之後，我必須到上頭去，忙送禮物的事。」聖誕老人說，往下對傑克微笑。

「你怎麼有辦法在一個晚上跑遍全世界，送出那麼多玩具？」傑克問。他常常好奇這件事。

「啊，」聖誕老人說，雙眼閃爍，「那是秘密，恐怕跟魔法有關。我想你早就猜到了。」
「我想也是。」傑克點著頭說。
「你許願要一輛新腳踏車。」聖誕老人說。
「對啊，」傑克說，「不過，我沒那麼在乎腳踏車的事了，只要能把聖誕小豬找回來就好。」
「唔，如果你真的成功救出聖誕小豬，一定要載他出去兜風喔，」聖誕老人說，「他是很喜歡搭腳踏車出門的小豬，雖然他自己還不知道，因為他還這麼新。」
「有道理，」傑克說，想像自己快速踩著踏板穿過街道，CP塞在兜帽衫前側，小豬腦袋從領口探出來。「他真是一隻英勇的小豬，對吧？」
「非常英勇，」聖誕老人附和，「像那樣公然反抗失地魔。」
「失地魔是從哪裡來的？」傑克問。
「這個嘛，」聖誕老人說，笑容褪去，「是個很好的問題。沒人確定。有些人說，他是人類創造出來的，上頭有那麼多貪婪和殘酷，有些就滲透到下頭這裡來，然後開始綁架東西，替自己拼湊出身體。另外有些人說，失地魔從開天闢地以來，就已經在這裡，說失地魔是某種妖怪，非常嫉妒人類以及人類創造出來的高明東西。所以凡是能偷的東西，他就偷走。他最渴望的，莫過於摯愛之島上那些備受重視和珍愛的東西，可是他完全動不了他們，這點讓他非常生氣。好了，傑克，你在後頭的禮物堆裡面找一找，替自己拿點保暖的東西穿。」

傑克在禮物之間摸摸找找，想找個柔軟的東西，最後挖出一隻穿毛衣的泰迪熊，而那件毛衣正好很合他的身。他很高興，因為幾分鐘之後，暖和的空氣開始降溫。彩繪天空慢慢從亮藍色變成灰色。太陽消失在雲朵後方，不久，迴旋的雪再次紛紛落在傑克身上。

他們繼續往前飛行，馴鹿的挽具叮噹作響，冰冷的空氣凍得傑克的臉發麻。他滿腦子都是CP，到現在小豬一定到了無人悼念失物荒原。小豬會在那裡流浪，一面想念傑克、愛著傑克，卻相信傑克已經回到了生者之地，跟DP在一起開開心心，不在乎替代的小豬有什麼遭遇。

54 回到荒地

天空從灰撲撲變成了黑麻麻，雪落得好密好密，聖誕老人的鬍鬚和傑克的睫毛都蒙了一層雪。他們終於看到想念之城的燈光。他們飛越了權力宮殿的金色屋頂，運河映出了聖誕老人的雪橇和飛翔的馴鹿，不久，他們便在寬闊幽暗的荒地上方遨翔。

聖誕老人現在在鉤子掛上金色燈籠，朝地面投下光線。傑克環顧四周，希望能看到聖誕小豬。雪橇的影子在白雪遍布、岩石散落的地面上起伏蕩漾，不過一直不見任何東西的蹤影，最後他們瞥見一個小小的紅色光點正在遊走。

「是壞習慣，」傑克告訴聖誕老人，指著那一小群四處遊蕩的身體部位，其中依然有個抽菸的嘴巴，「他們的態度不是很和善……我想失地魔抓走了其中幾個。」傑克補充，在雪橇繼續往前飛的時候，轉頭去看那些壞習慣。「我們之前就遇過他們，當時的數量更多。」

他們繼續在荒地上方飛行，聖誕老人盡可能冒險貼近地面。傑克掃視光禿禿的景色，尋覓CP的蹤影，但是遍尋不著。此時，一種強烈的恐懼感揪住傑克的心：他慢了一步嗎？CP已經被抓走了嗎？

「羅盤！」傑克突然喊道，提燈搖晃的光線照亮了羅盤銅製的圓形身體，她正快速往前滾動。「聖誕老人，讓我問一下羅盤有沒有看到CP！」

聖誕老人將雪橇轉向，他們回到了羅盤立定不動、仰望著他的地方。

「聖誕老人！」羅盤喊道。

「是我沒錯，」聖誕老人微笑著說，「很高興看到妳還在，羅盤！」

「噢，你也知道我有多喜歡被追著跑，」羅盤說。他們繞著她飛轉的時候，她也跟著在原地打轉。「可是你們兩個在這裡做什麼？」

「我是來找聖誕小豬的，」傑克回應，「妳看到他了嗎？」

聽到這個，羅盤的指針突然往南一晃，給她一種非常悲傷的表情。

「唔……有，睡衣男孩，我看到了。」羅盤說。

「他在哪裡？」傑克呼喚。他開始覺得頭暈，因為雪橇不停繞著小圈。

「他恐怕已經被抓了，」羅盤說，「就在半個小時以前。他連逃都不逃。我對著他大叫，要他快跑，可是他只是站在原地，等著失地魔把他抓起來。」

「噢，不。」傑克低語。

都是他的錯。他應該早點趕來這裡，但他單是為了決定該怎麼做，就浪費了不少時間，而現在……

「所以他在失地魔的巢穴？」聖誕老人呼喚。

「如果他還在，應該就在那裡，」羅盤說，「可是也可能已經被吃掉了。失地魔逮到他的時候心花怒放，我從沒見失地魔這麼開心過！」

「羅盤，妳知道失地魔的巢穴在哪裡嗎？」傑克呼喚。

「當然知道。」羅盤說。

「妳能帶我過去嗎？」

「你想到失地魔的巢穴去？」羅盤驚愕地說。

「對，」傑克說，準備跳下來，「CP是我的小豬，如果他還在喚活的狀態，我就要帶他回家！」

傑克準備一躍而下。「傑克，」聖誕老人說，「如果可以的話，我之後會幫你更多忙——到了上頭，有件事我可能幫得上忙。在這期間，務必小心。失地魔最想要的，莫過於逮到活人男孩！」

「我會小心的，」傑克承諾，「再見，聖誕老人，非常謝謝！」

話一說完，傑克溜下雪橇的座位，往下跳到荒地上。

他跌進之前在黑暗中沒看到的一小叢蓟草，雖然不舒服也刺刺的，但總比跌在尖銳的碎礪和石塊上好。

「再見，傑克，祝你好運！」聖誕老人呼喚，然後乘著雪橇飛走，金色掛燈變得越來越小，最後消失不見。

羅盤驚奇地盯著傑克。

「聖誕老人剛剛叫你什麼？」她滾得更近一些，「你是活人男孩？」

「對，」傑克說，「我是人類。我來下頭這裡找DP，不過他在摯愛之島過得很幸福。現在我想救聖誕小豬。如果妳知道路，請帶我去找失地魔的巢穴。」

羅盤多盯了傑克片刻，聲音在荒地上迴盪。「這件事大家會津津樂道，傳誦好幾百年！活人男孩為了找到他的小豬，自願走進失地魔的巢穴……唔，我們還不知道故事會怎麼結束，是吧？」

「還沒，」傑克說，「可是拜託，如果妳知道路，請帶我去！」

羅盤出發，傑克跟在後頭跑，越過冰凍的地面。雪下得又密又快，紛紛襲上他們的臉龐。

第八部

失地魔的謊言

55

洞口

「不會太遠，別擔心！」羅盤說，銅製外殼喀啦喀啦滾過石頭。

即使如此，傑克的側腹很快又痛了起來，痠疼的雙腳都凍僵了，可是他完全不在乎。他滿腦子只有CP：CP站在原地任由失地魔將他撈起來，因為他以為傑克並不愛他。

他們才跑一小段距離，就看到地平線那裡亮著火熱的紅光，靠得越近，光芒就越大越亮。

「就在前頭，」羅盤說，「看到那個火了嗎？失地魔住在山口中央的洞窟裡，一年到頭都點著火堆。每次吸光東西的喚活之後，他們身上有什麼他想要的，他就拆下來，剩下的就丟進火裡燒掉。」

傑克怕得身子竄過一陣戰慄，但並未放慢腳步。他非救出CP不可，已經不能回頭了。

他們越接近失地魔的巢穴，火熱的光芒變得越大越亮，最後地面開始往下傾斜。傑克可以看到山口中央有個寬闊的洞，就像火山，裡面冉冉飄出刺鼻的黑煙。他仰頭望著失地魔巢穴上方的天空，那裡一個尋獲洞也沒有。

「停，羅盤，」傑克喘著氣停下來，「接下來我單獨行動就好。」

「胡說，」羅盤興奮地說，「我從來沒去過失地魔的巢穴，多麼刺激啊！真是一場大冒險！你知道我的座右銘是什麼嗎？」

「跟蘿蔔有關嗎？」傑克問，他不大記得了。

「那是個寓言故事，」羅盤說，「我的意思是，『襪子在北邊，狀況最好的時候，也要帶著傘有備無患。當一切往南走[3]，每況愈下，更是需要找個朋友。』你不能單獨去見失地魔！」

「可以的，羅盤，」傑克告訴她，「我一定要自己去。妳太重要了不能遺失。荒地上的東西需要有個英雄帶領，只有妳聰明勇敢到可以活下來。」

「你能這樣說真——真好，」羅盤說，「東西從來不會讚美我。他們通常只顧著逃跑，都忘了。」

3. 延伸意義為「狀況惡化的時候」。

「唔，不管發生什麼事，我都不會忘記妳，」傑克說，「再見，羅盤，謝謝妳做的一切。」

傑克拔腿奔下斜坡，朝著地裡的洞跑去，只回頭揮了一次手。他知道羅盤還目送著他。

傑克沿著陡峭的斜坡往下行，在鬆脫的岩塊和石子上滑滑絆絆，跌跌撞撞。他盡可能放膽加快腳步，從山口中央那個洞竄出來的火和煙，燻得他視線模糊不清。不久，他的睡衣便在熱氣中完全乾了。濃密的黑煙嗆得他咳起來，聞起來不像是燃燒木頭的篝火，而是燃燒塑膠、布料、保麗龍的怪味。

傑克正在納悶自己還必須走多遠，這時，雙腳突然被熱乎乎的碎石燙到，結果在鬆脫的扁石上打滑，停不下來，咕嚕咕嚕滾下了那個洞口。他穿過煙霧，摔進那個地下巢穴，有幾秒鐘時間，他還以為自己就要掉進火焰裡，再也見不到媽媽或ＣＰ。

56 失地魔的巢穴

傑克運氣不錯，閃過了火堆，落在旁邊那團熱燙燙、有彈性的柔軟隆起上。過了幾分鐘，傑克才領悟到，自己躺在玩具填塞物、布料碎片上，是失地魔把東西吞下肚以前，先淘汰掉的部分。這堆物料因為太靠近火焰，正在冒煙悶燒。傑克趕忙爬向遠處的石牆，在一堆又一堆的毛團和燒過的材料上跌跌絆絆，最後到了地下洞窟的側面。

就在這時，他聽見了呻吟和尖叫，剛才倒在巨大的火堆邊時，這些聲音都被噼哩啪啦的火蓋過去了。傑克瞇起眼睛，環顧四周。

失地魔的巢穴是個地下大洞窟，巨大的火堆就在正中央熊熊燃燒。牆面掛滿了籠子，籠子裡擠滿了失地魔還沒吃下肚的東西。傑克能夠聽到的，就是一些被囚禁的東西在哭喊，雖然不是全部都在尖叫。有許多東西只是窩在籠子底部，默默悲傷，知道自己的終結就要到來。他們大多都是廉價醜陋的東西，幾百萬個這樣的東西被製作出來，然後被弄丟，既不受歡迎，也不被愛惜，存在的理由只是要填塞空間一陣子，最後總是被吸到下面這裡，進入失物之地。

失地魔就在這裡。

他好巨大——傑克的注意力集中在籠子上，一時沒意識到失地魔也在場，還以為他的龐大軀體只是另一堆廢物。失地魔蹲在火堆的另一邊，就在傑克的對面。可怕的腦袋刮磨著巢穴的頂部，就像之前在荒地擦過木頭天花板一樣。搜索燈一般的眼睛並未打亮：他在這裡並不需要，因為火燒得這麼旺，在牆上撒下了閃爍的陰影。失地魔茫然的玻璃雙眼映出了舞動的火焰，火焰也照亮了他閃閃發光的身軀外殼。失地魔顯然只保留死去東西最堅硬的部位：鋼鐵、塑膠、玻璃、石料，給他一種機器人的可怕外型。此時，他正大啖一把舊叉子。他的利牙看起來硬如鑽石，閃閃發光，喀吱咬著叉子時，碎屑頻頻從嘴巴噴飛出來。

失地魔沒注意到傑克掉進他的巢穴，因為傑克落在火堆的另一邊，被濃密的黑煙遮住。現在，傑克急亂地東張西望，看著所有的籠子，想找出聖誕小豬，希望小豬還沒被撕成碎片，肚子裡的豆豆和填料還沒被扔進底下的廢物堆裡。

可是傑克一個絨毛玩具也看不到：只有一些隨餐附贈的塑膠小玩意，老舊的雜誌、故障裝置的充電器；遺失得毫不後悔、不曾被想念的物件。隨著每秒鐘過去，傑克越來越怕自己已經慢了一步。

接著，傑克突然看到了。CP站在牆面掛得最高的籠子之一，小小腳蹄緊抓著籠欄，看著失地魔吃舊叉子。在他身邊的是破碎天使，她正癱在籠子角落裡，殘存的一手摀住破碎的面孔。CP跟傑克一起冒險犯難之後，現在破破舊舊，不再厚厚軟軟，也不再是粉紅色，而是髒兮兮，泛著綠，耳朵歪歪扭扭。

「我來了，CP。」傑克低語，掙扎著要站起來。

接著失地魔用力咬下最後幾口扭曲的金屬殘塊，然後開口說話，聲音在洞窟裡迴盪：「現在，你知道要怕了吧，小豬？」

傑克從沒聽過這麼恐怖的聲音。就像煞車的尖鳴，高亢又痛苦，讓傑克覺得，失地魔嘗到的苦頭，一定跟等著生命結束的那些東西不相上下。

CP用他親愛的熟悉聲音回答，「才不，我跟你說過，因為沒什麼好損失的，反倒勇氣十足。你什麼時候想吃我，儘管放馬過來，我都無所謂了。」

「你覺得，失去一個男孩，比被五馬分屍更糟糕？」失地魔用尖銳的聲音說，「比起回到空無，毫無知覺，變得什麼也不是，還要糟糕？」

「毫無感覺，總比我現在的感覺好。」小豬說。

「別這麼說！」傑克低語，即使聖誕小豬聽不到他說話。

失地魔靠著充作雙腳的金屬尖端，吃力地站起來。「你在死前絕對會怕我的。」他保證。聖誕小豬和破碎天使隔壁有個擠滿東西的籠子，失地魔扯下籠子的鎖頭，一把撈出五十根顏色炫麗的塑膠扭扭吸管、一面單薄的廉價風箏，還有一只表面布滿球狀和螺旋突紋的醜陋花瓶。傑克聽到他們尖聲抗議著，失地魔再次蹲坐下來，張開金屬闊嘴，將那些東西一個個丟進嘴裡。

傑克心急如焚，四下張望，想找個方法趕到聖誕小豬身邊。牆壁粗糙崎嶇，他想，也許可以找到足夠的地方踩腳，試著往上爬。於是他向上伸手，找到手可以攀附的裂縫，然後開始將自己往上拉。

往上攀爬的速度快不起來。手指和腳趾下面的岩石好燙，他可以聽到背後的火堆噼哩啪啦，還有失地魔啃著塑膠和玻璃時，嘴顎不停嘎吱碾磨。

傑克終於爬到了頂端那排籠子附近。要攀住上頭這邊火燙的岩石，變得更加困難。他擔心籠子裡的可憐東西會注意到他，驚訝地喊出聲來，讓失地魔警覺傑克在場。不過，大部分東西都遮著自己的眼睛，試著不去看失地魔。失地魔此時正從牙縫裡挑出尖銳的玻璃碎片，貼在自己的外殼上。他可怕的黑色橡膠舌頭上似乎有某種黏液，他舔了舔玻璃碎片之後，再往身上原本有的齒輪和蓋子上一黏。

傑克開始跨越燙熱的籠子頂端，從一個籠頂跳往下個籠頂。腳底下的籠欄好燙。可是，當他快趕到聖誕小豬身邊，又碰到一個問題：小豬的黑色小眼眨也不眨，牢牢盯著失地魔。所有的籠子上都吊著厚重的掛鎖，而CP籠子上那個鎖是裡頭最大的一個。

傑克歷盡千辛萬苦，終於跳上了囚禁CP和破碎天使的籠子。「CP，」他低語，「CP，是我，看上面這邊。」

CP往上一看，一時站著僵住不動，驚奇地睜大了小小黑眼，破碎天使把手從被啃掉一半的臉上移開，也往上盯著傑克。

「傑克！」聖誕小豬吃驚地說，「你怎麼──怎麼會──」

「我是來救你的──來救你們兩個！」傑克說，爬過籠頂，抓住那個巨型掛鎖。「你們兩個屬於我，我要帶你們回家！」

「可是……DP怎麼辦？」

「我們已經好好道別過了，」傑克說，扯著依然鎖著的掛鎖，「他也希望我這麼做。我要把你們兩個帶出去！」

可是他打不開掛鎖。

「傑克，我不懂，你明明那麼希望DP回到身邊！」

「我以為我需要他，」傑克說，「可是你更需要我。」

「你趕快離開這裡！在整個失物之地裡，失地魔最想要的，就是吃掉一個活人男孩！你會是他到手的最大獎賞！」

「沒有你，我絕對不會離開。」傑克說，依然試著解開掛鎖，但鎖頭文風不動。

「太遲了！」聖誕小豬說，淚水現在淌下臉龐，「傑克，再過幾分鐘就是聖誕日了——你要趕快站到尋獲洞底下！我們已經沒希望了，但你還逃得了！」

不過，傑克還來不及回答，失地魔就發出了傑克所聽過最響亮也最嚇人的尖鳴。失地魔用金屬尖腳站起身，雙眼再次亮起白光。在強烈光束的照射下，傑克、聖誕小豬和破碎天使嚇得動彈不得。

失地魔看到了活人男孩。

57 最後的希望

「我看到什麼了？」失地魔以恐怖的刺耳尖聲說，「一點多餘物，跟我之前逮到的非常不同！」

傑克把手用力伸進籠欄間的縫隙，抓住聖誕小豬的腳蹄。破碎天使握住CP的另一隻腳蹄。失地魔越過洞窟，朝他們緩緩走來，鋼鐵製的尖腳踢散了死去東西的碎片，他們仨緊緊握住彼此的手。關在沿牆籠子裡的東西全都發出呻吟，倒抽一口氣，因為他們明白眼前發生什麼事，知道接下來會進失地魔嘴巴的，就是傑克、聖誕小豬和破碎天使。

「我就知道你會來。告訴我，孩子，」失地魔說，「人類為什麼會這麼愛東西？」

失地魔的吐息掃過傑克，有如一陣汙穢的熱風。聞起來恍如全世界的每個垃圾堆都在他的肚子裡：灰塵、腐物、爛掉的布料、電池的酸液、燃燒的橡膠，所有死去的人造東西。

「我們不是什麼東西都愛，」傑克抖著聲音說，「只愛非常特別的那些。」

「骯髒廉價的小豬身上，」失地魔說，越走越近，巨大的腦袋比傑克的全身還大，搜索燈眼睛亮得傑克幾乎無法直視，「到底有什麼值得被愛？」

「他是全世界最棒、最勇敢的小豬，就是這樣。」傑克狠狠地說。

「你——你愛我？」聖誕小豬低語。

傑克把他的腳蹄抓得更緊，一邊說：「對，我愛你！」

「可是——可是DP呢？」

「人可以愛不只一樣東西！」傑克說，然後轉頭面對失地魔，並說，「放CP走，還有破碎天使！他們不應該被吃。他們沒傷害過誰，也沒做錯任何事情！讓他們跟我一起回家吧！」

失地魔把腦袋往後一甩，大大張開可怕的嘴巴，露出巨大的橡膠舌頭，放聲狂笑，舌頭好似又粗又黑的鰻魚，躺在閃閃發亮的利牙之間。接著他將亮到令人目盲的眼睛轉回傑克身上，尖聲大叫：「難道沒人跟你解釋過我的作風嗎？小子？我奪取，奪取，再奪取！聖誕夜就快結束了……」失地魔逼得更近，可怕粗糙的鑽石牙齒在紅色火光中一閃，吐息有如令人作嘔的強風，「等午夜鐘響敲完最後一聲，你就會永遠困在這裡，永遠別想回去。我就會吞掉你，然後，也許我就會跟人類一樣那麼愛東西！」

四周的洞壁上，沒人愛的廉價東西在籠子裡哭嚎、顫抖跟啜泣。「不要對小男孩下手！不要對小男孩下手！」

「你們竟然替他求情？」失地魔嘲諷，搜索燈般的雙眼掃過籠子，那些廉價的可憐東西怕得縮頭縮腦。「人類製造了你們，又把你們扔到一邊，忘個精光——你們會被送到荒地去，全是他們的錯！你們很廉價，模樣又難看，你們的主人覺得你們一無是處！你們應該很高興，在我把你們嚼碎以前，有機會親眼目睹人類一命嗚呼。」

可是，傑克靈機一動。他知道可能太遲了，可是那是他唯一想到可能會成功的辦法。「聽著！」他對籠子裡所有的東西喊道，一面緊抓聖誕小豬的腳蹄，「我是人類，我在乎你們！對我來說，你們不是垃圾，我知道怎麼把你們弄出這裡！」

話才講完，聖誕小豬籠子的巨型掛鎖應聲碎裂。洞窟牆上的東西全都震驚地倒抽一口氣，接著，洞窟內到處有更多掛鎖開始迸開，然後更多，再更多。失地魔又驚又怒，放聲尖叫。可是，傑克知道是怎麼回事。他給了這些東西希望，而沒有鎖頭禁錮得了希望。現在，有幾個膽量最大的東西彼此扶持，費力爬出了籠子。

「你們全部都會有出路，我保證！」傑克對所有瑟瑟發抖、嚇得不敢離開牢籠的東西說，「你們就是要相信！」

「回去！」失地魔尖叫，看到東西準備逃離，勃然大怒。「他在說謊！回去！回去啊！最先爬出來的那些，我會全部吃掉！」

「我沒說謊！」傑克大喊，「如果大家都抱著希望，也都這麼相信——」

接著，非比尋常的事情發生了——某種無與倫比的事情。這種事只可能發生在奇蹟和翻轉敗局之夜，而且就因為傑克拒絕放棄希望；只要還存有一絲希望，沒有東西會永遠喪失……

失地魔巢穴的上方是一片陰暗的木頭天空，那裡完全沒有尋獲洞，這時天空卻裂開了。嚇人的失地魔聽到天空打開的聲音，抬起頭來，怒聲狂嘯。那裡出現了一個洞，可是不像一般的尋獲洞那樣幽暗。閃閃發亮的光，繞著洞口飛快轉動，彷彿含有會動的魔法。傑克知道那個魔法是什麼，因為很久以前，他才三歲的時候，他想像過DP騎著神奇的腳踏車，在一個洞裡面像那樣飛快打轉。

「這就是你們回生者之地的辦法，」他嚷嚷，「繼續希望下去！」

那個洞越來越大，變得很寬闊而且透著金黃，接著真正的魔法發生了：不是降下單一的黃金光束，挽救一個東西而已。那一道亮晶晶、轉圈圈的光，以螺旋的方式降下，將幾百幾千個又驚又喜的東西一把掃了上去。他們往上升起，脫離骯髒的囚籠。無論材質是錫、厚紙板、木頭、紙張或塑膠，每個東西被吸進那個閃亮旋轉的龍捲風時，都開懷笑著。失地魔火冒三丈、一頭霧水，不明白發生什麼事，在原地頻頻打轉，想要抓住他們。但是他們從他長長鋼指間的縫隙之間溜走，往上飛進他們憑著希望在天花板裡打造出來的洞。

「他們會回收再利用！」傑克大喊，那些東西飛得好快，嚇人的失地魔根本抓不到。「在上頭，他們會變成新造的東西，再活起來！」

「不！」失地魔尖叫，怒不可遏，「人類不可以占有他們！他們是我的，他們是我的，他們屬於我——」

得救的東西漸漸消失在那個熠熠生輝的洞，洞的上方某處傳來了遙遠的鐘聲。現在是生者之地的午夜。聖誕夜終於要結束了。

「如果我不能占有他們！」暴怒的失地魔尖叫，「那我就要占有你！」

失地魔伸出爪子般的手，長長的指頭好似鋼製大樑。傑克聽到鐘聲，知道現在只靠希望不夠了。世界上唯一的慰藉，就是握住小豬腳蹄的觸感，隨著失地魔的搜索燈眼睛越逼越近、越來越亮，傑克閉上了雙眼。

接著他感覺自己往下墜……

往下……

再往下……

第九部

回家

58 尋獲

失地魔嘴巴的氣味已經消失不見。傑克依然墜落不停，雙眼緊閉，牢牢抓住聖誕小豬的腳蹄，散發松樹氣味的銳利枝椏刮過他的身體。他們繼續往下掉，往下又往下，最後傑克感覺到了地面。有個遙遠的聲音正在呼喚他的名字，是他認識的聲音。

「希望？」他喃喃。

一扇門開了。

「傑克，」那個聲音說，接著，「傑克！你在樹底下做什麼？我們到處都找不到你！」

傑克睜開雙眼。他蜷縮在地板上，就在家中的聖誕樹底下，在所有的禮物之間，樹上的裝飾串燈在他上方的黑暗中閃動。松針在他的四周掉了一地，他恢復了原本的尺寸。泰迪熊大小的毛衣已經撐爆，現在成了迷你毛線球，掉在他身邊。他一隻手仍然抓著聖誕小豬的腳蹄，地上還有破碎天使，她伸出完好無損的那隻手，碰著聖誕小豬的另一邊腳蹄。

「布蘭登，我找到他了！」媽媽呼喚，跪下來透過枝椏看著傑克，「傑克，你在下面做什麼？我去你房間要親親你說晚安，你卻不見了。我快擔心死了！」

她伸出一隻手。傑克一手抓著CP，另一隻手揪著破碎天使，從樹底下爬了出來。媽媽把他拉進懷裡，傑克也回抱媽媽。能夠再回到家裡，感覺真的很美妙。

「DP的事我很遺憾，」媽媽低語，「外公都跟我說了。我在床上找不到你的時候，還以為你溜出去找他，我——」

「我真的去找DP了啊！」傑克說，「而且還差點被失地魔吃掉。後來我逃走了，我不知道是怎麼——」

可是就在那時，傑克瞥見閃閃發亮的新腳踏車，上頭綁著大大的紅蝴蝶結，斜倚在聖誕樹旁邊的牆壁上，把手碰到樹枝。他掙脫媽媽的懷抱，指著腳踏車。

「原來是這樣！聖誕老人說他之後可能幫得上忙！天使原本卡在樹裡，

是他搖下來的！」

「什麼？」媽媽說，滿頭霧水。

傑克把翅膀彎折、被狗啃過的天使拿給媽媽看。「她本來卡在聖誕樹後面的樹枝裡，懂嗎？可是，聖誕老人送新腳踏車過來給我的時候，故意搖搖聖誕樹，把她搖下來！這樣她就不再遺失了，她拉著我和聖誕小豬，一起回到了生者之地！」

「傑克，你在說什麼啊？」媽媽說，雖然哈哈笑卻又擔心著。布蘭登現在衝進客廳，一手摀住胸口。

「感謝老天，」他望著傑克說，「我們還以為你走丟了，兄弟！」

「我本來是啊！」傑克說。荷莉跟在布蘭登後面走進客廳，眼睛還是浮浮腫腫，因為哭了好久。不過當她看到傑克在聖誕樹旁邊，活跳跳而且好端端的，大大鬆了口氣。

「我之前在失物之地！」傑克告訴他們大家，「我和CP一起到那裡去！我找到了DP，他非常快樂──我就知道他很喜歡海灘──我碰到了好多不同的東西──那裡還有好幾個城市，失地魔差點抓到我，不過，破碎天使最後救了我們——我們一定要留住她！」傑克說，然後將損壞的天使舉到媽媽眼前。

「唔，」媽媽輕聲一笑，從他手中接過天使，「她看起來屬於這個家沒錯。我想，在小狗托比咬到她之前，她看起來有點高不可攀。」

「妳可以幫她處理傷口吧？」傑克說，「就像妳以前幫DP那樣，替他縫了新眼睛？」

「當然，」媽媽說，吸了吸鼻子之後又說，「你身上怎麼會有煙味？睡衣怎麼都是泥巴？」

「噢，那個味道是從失地魔的火堆來的，沾到泥巴是藍色小兔抱我的地方，」傑克說，「在失物之地很難保持乾淨。」

「唔，那些事情我是不清楚啦，不過這隻小豬肯定需要洗個澡。」

「還不行，」傑克說，然後把聖誕小豬摟在胸口，「他現在還滿怕水的。他不會游泳，差一點就淹死在運河裡，所以身體才會變得綠綠的。妳把他放進洗衣機以前，我必須先跟他解釋一下，什麼是洗衣機，要不然他會感到非常害怕。我想先騎腳踏車載他去兜兜風。他喜歡坐腳踏車，聖誕老人跟我說過。」

「你做的夢還真精采，」媽媽說，「你還不能看腳踏車，聖誕日還沒到喔。」

「其實呢，」布蘭登說，看了看手錶，「已經到了，現在是午夜過一分鐘。」

「我餓了，」傑克說，「我離開了三個晚上，又沒辦法在**失物之地**吃東西，因為那會證明我是個活人男孩……你們不相信我。」傑克輪流看著媽媽和布蘭登的臉。他們兩人都面帶笑容，那是大人那種會惹人心煩的笑法，他們認為自己懂得比你多的時候就會露出這樣的表情，即使你明明在場，也全都親眼看到了。

「我來泡點熱可可吧。」媽媽如此說道，而且依然笑容滿面。她將破碎天使帶出客廳。布蘭登將電暖爐打開，然後到廚房去幫她，留荷莉和傑克獨處。

「我相信你去過**失物之地**，」荷莉啞著嗓子說，「真的，傑克。我很高興你見到ＤＰ，也很高興聽到他很快樂。我把他丟出車窗外，對不起——非常、非常對不起。」

「嗯……沒關係啦，」傑克說，「現在，他跟衛生紙捲天使一起住在海灘上舒服的小房子裡。而且我有CP。DP說，CP是有史以來最棒、最勇敢的小豬。他說得對極了。」

「你在失物之地的時候，還碰到什麼事？」荷莉問，她和傑克一起在暖爐邊坐下。傑克將來龍去脈都跟荷莉說了：用後可拋城和眼鏡警長，便當盒和吸入器，糟糕不見了城，錄錄和詩詞，跨越無人悼念失物荒原的漫長旅程，羅盤，藍色小兔，他在想念之城裡碰見的奇怪東西，以及怎麼逃離失地魔的巢穴。

「我知道我一直對你很壞，傑克，」荷莉說，當他終於暫停喘口氣，「我保證不會再欺負你了。」

「我相信妳。」傑克說，想起他沒有提到的惡霸老大。CP正坐在傑克的懷裡，也能享受電爐的暖意。「不過我想妳應該別再練體操了。我知道妳已經不喜歡體操了，我知道妳寧願玩音樂。」

「怎麼——你怎麼會知道？」荷莉驚奇地說，「我誰也沒說過！」

「在失物之地，就是會知道一些事情。」傑克睿智地說。

「我一直以為，我想參加奧運比賽，」荷莉望著暖爐說道，「不過，我再也不想了。我寧願在週末的時候跟朋友碰面，而不是去練習，練習個不停。」

「失去一種野心沒什麼不對的，」傑克說，「我在下頭那裡遇到一個被弄丟的野心。她很可怕。不過，妳一定會找到一個不錯的新野心。」

「我想學吉他。」荷莉說。

「唔，運氣真不錯，」布蘭登說，端著兩大杯熱騰騰的熱可可回到客廳，「我和茱蒂講好了，你們回去睡覺以前，可以各拆一件禮物。荷莉，我想妳應該拆大的那件，用金色紙包著的那個。」

傑克解開新腳踏車上的紅緞帶，將這輛腳踏車與眾不同的新功能，一一介紹給聖誕小豬。荷莉撕開她最大件禮物的包裝紙，是一把亮閃閃的黑吉他。接著，就在荷莉學習第一個和弦，布蘭登幫傑克調整腳踏車的椅墊高度時，媽媽捧著破碎天使再次出現。

媽媽已經用小條紗布繞住天使的臉龐，遮住缺損的部分，也將翅膀扳回原狀，拿繃帶包紮了沒手的臂膀。布蘭登是這幾個人裡頭最高大的，他接過天使，放回樹頂上。天使得意地微笑俯望著一切，彷彿原本就該用繃帶裹住似的。

「我喜歡她，」媽媽說，「她看起來很和善，對吧？好了，你們兩個，可可喝完，也該上床睡覺了。我們再過幾個小時又要起床了。」

於是傑克和荷莉爬上樓梯，在樓梯平台上友善地互道晚安。接著荷莉消失在客房裡，媽媽來到傑克的房間，給他晚安吻。

房裡的東西都不再講話或移動了，也沒有什麼眼睛或手臂，除了那些原本就有的。傑克在棉被底下躺好，媽媽先吻他，再吻聖誕小豬。她熄了燈，關上門。

傑克舒服地窩在床鋪裡，吸進CP的氣味，混雜了運河的水和煙霧，還有一絲絲媽媽的香水。CP再不久就得進洗衣機，但傑克知道，小豬最後會散發出家，以及傑克毯子底下那個溫暖洞穴的氣味。

「晚安，CP，」傑克低語，「聖誕快樂。」

傑克因為這場大冒險而耗盡體力，幾乎立刻墜入夢鄉。

此時已經不再是聖誕夜，不再是奇蹟和翻轉敗局之夜，但兩隻小小的腳蹄在黑暗中摟著睡著的小男孩。

「晚安，傑克，」小豬悄聲說，快樂的淚水滴在枕頭上，「也祝你聖誕快樂！」

致謝

《聖誕小豬》前後構思多年，一直掛在我的心頭上。現在終於撰寫成書，放它自由，這份經驗不只讓我充滿喜悅，也有洗滌心靈的效用。

我交情最久也最親愛的友人之一艾妮．凱利（Aine Kiely）對我恩重如山，她有如我個人的指南針，在幾年前某個低迷時刻，她提醒我，聖誕節年年都會來到，讓我藉此保有理智。多虧有艾妮，創作這本書讓我極為享受。

就編輯來說，露絲．歐譚斯（Ruth Alltimes）是合作這項計畫的不二人選。她的洞見、熱忱和同理心讓編輯過程成為樂事一樁。我也無比感激學樂出版（Scholastic）的艾蜜莉．克萊蒙（Emily Clement），她的提點讓這個故事更上一層樓。

一如既往，我要向好友與經紀人尼爾．布萊爾（Neil Blair）表達感激，也要向布萊爾經紀公司（The Blair Partnership）裡參與《聖誕小豬》的人士致上謝意。

萬分感謝我不可或缺的管理團隊尼克・史東希爾（Nick Stonehill）、芮貝卡・莎特（Rebecca Salt）和馬克・哈奇森（Mark Hutchinson），謝謝他們讓我在午餐時間一口氣講完整個故事。往後請限制我只能喝兩杯。

要是沒有費歐娜・沙普特（Fiona Shapcott）、迪・布魯克斯（Di Brooks）、安吉拉・米恩（Angela Milne）、賽門・布朗（Simon Brown），我可能還在寫上上一本書。謝謝你們所做的一切。

吉姆・菲爾德（Jim Field）是替這計畫繪製插圖的完美人選。他捕捉了傑克、兩隻小豬和失物之書的神韻，描繪得如此巧妙。看到他的圖畫，我每每驚歎不已，因為跟我腦海浮現的畫面如此貼合。

最後也最重要的，感謝我的家人。五個莫瑞[4]一同坐在沙灘上聽我說明失物之地，是聖誕小豬真正被喚活的時刻。你們表現出來的熱忱、興味以及提出的邏輯問題（Dec），給了我持續寫作的動力。最後要說的是，故事裡提及的東西，和我們家可能曾經遺落或尋獲的東西，如有雷同，當然完全是刻意的。

4. 作者的先生叫尼爾・莫瑞（Neil Murray），這裡的五個莫瑞指的是作者一家人。

國家圖書館出版品預行編目資料

聖誕小豬 / J.K. 羅琳著；吉姆．菲爾德繪；謝靜雯譯. -- 初版. -- 臺北市：皇冠, 2021.10
面；公分. -- (皇冠叢書;第4979種)(CHOICE;346)
譯自：The Christmas Pig
ISBN 978-957-33-3801-7 (平裝)

873.596 110015241

皇冠叢書第4979種
CHOICE 346
聖誕小豬
The Christmas Pig

作　　者—J.K. 羅琳（J.K. Rowling）
繪　　者—吉姆．菲爾德（Jim Field）
譯　　者—謝靜雯
發 行 人—平　雲
出版發行—皇冠文化出版有限公司
台北市敦化北路120巷50號
電話◎02-27168888
郵撥帳號◎15261516號
皇冠出版社(香港)有限公司
香港銅鑼灣道180號百樂商業中心
19字樓1903室
電話◎2529-1778　傳真◎2527-0904
總 編 輯—許婷婷
責任編輯—蔡維鋼
美術設計—嚴昱琳
著作完成日期—2021年
初版一刷日期—2021年10月
初版七刷日期—2024年5月
法律顧問—王惠光律師
有著作權．翻印必究
如有破損或裝訂錯誤，請寄回本社更換
讀者服務傳真專線◎02-27150507
電腦編號◎375346
ISBN◎978-957-33-3801-7
Printed in Taiwan
本書特價◎新台幣399元/港幣133元

• 皇冠讀樂網：www.crown.com.tw
• 皇冠Facebook：www.facebook.com/crownbook
• 皇冠Instagram：www.instagram.com/crownbook1954
• 皇冠蝦皮商城：shopee.tw/crown_tw